人生的病

吴迎君 选编

北京大学出版社

图书在版编目(CIP)数据

人生的病 / 吴迎君选编. —北京:北京大学出版社,2019.9
(沙发图书馆·人间世)
ISBN 978-7-301-30714-4

Ⅰ.①人… Ⅱ.①吴… Ⅲ.①散文集–中国–民国 ②杂文集–中国–民国 Ⅳ.①I266

中国版本图书馆CIP数据核字(2019)第191240号

书　　　名	人生的病 RENSHENG DE BING
著作责任者	吴迎君　选编
责 任 编 辑	延城城
标 准 书 号	ISBN 978-7-301-30714-4
出 版 发 行	北京大学出版社
地　　　址	北京市海淀区成府路205号　100871
网　　　址	http://www.pup.cn　　新浪微博:@北京大学出版社
电 子 信 箱	pkuwsz@126.com
电　　　话	邮购部 010-62752015　发行部 010-62750672 编辑部 010-62756467
印 刷 者	涿州市星河印刷有限公司
经 销 者	新华书店 650毫米×980毫米　32开本　8.625印张　154千字 2019年9月第1版　2019年9月第1次印刷
定　　　价	49.00元

未经许可,不得以任何方式复制或抄袭本书之部分或全部内容。
版权所有,侵权必究
举报电话:010-62752024　电子信箱:fd@pup.pku.edu.cn
图书如有印装质量问题,请与出版部联系,电话:010-62756370

病是"善知识"

一

人生之病何由来?

依"医家之宗"《黄帝内经》的典言,"天地合气命之曰人","百病生于气也","风者百病之始也",病由气生且由风始。然如此玄妙言辞,逮至近代已不复是"验之事不忒,诚可谓至道之宗"的不刊之论。别有"至道之宗"黑朴科迭司(Hippocrates)鸿制,开显泰西医学。宇宙之道,由"不二"变乎"二":"自三代至于近世,道出于一而已。泰西通商以后,西学西政之书输入中国,于是修身齐家治国平天下之道乃出于二。"(王国维语)

道出于二,如何能"吾道一以贯之"?如何能切中病源?

梁启超一度幻想中华"泰东文明"迎娶欧美"泰西文明","二十世纪,则两文明结婚之时代也"。严复则正色警告中学与西学"分之则并立,合之则两亡","西学为当务之亟"。

西学东渐,"先变其名曰新学",中学反之曰"旧学","吾国旧学实不敷用","学尚新学,遗弃孔孟"。Mordernism 已成"从新主义",世潮"尊西崇新","天演之(新)学,将为言治者不祧之宗"。

于是乎,中学乃病,"中国学人大病,在一空字";中国乃病,"泰西人诟吾国者曰亚东病夫";中国人乃病,"国病非他,其国之人之病而已","其人皆为病夫,其国安得不为病国也"!

甚而,中国固有治病之医,系五行医、玄学医、神学医、不科学之旧医,乃病。

"唯泰西者是效","一切制度,悉从泰西","将东方化连根拔去,将西方化全盘采用"。此等"革故鼎新",听来快刀斩麻,"毕其功于一役",何其痛快淋漓也!

然则中国"人不为禽兽者"的固有"吾道",皆当废弃?

梁漱溟在"五四"新潮中谛思:中国固有"吾道"是否须"连根拔掉","将中国化根本打倒"?又或在"西方化对于东方化的节节斩伐"后,固有"吾道"终可"翻身"?

这位"问题中人",批评"天演新学"于"人类社会进化误于'独系演进论(unilinear development)'",只知其一,不知中国、印度、西方乃意欲持中、意欲向后、意欲向前的各自"天演"。是故,于西学之道当"根本改其过"——"理智的严酷"多"偏在唯知主义(intellectualism)"——而受用,于固有"吾道"当"批"陈出新——最大之偏失"在于个人永不被发现"——而振扬。

"庐山烟雨浙江潮，未到千般恨不消"的近现代"转型时代"，如此醒言不啻于一剂清凉散，良可解醒。

人生之病，是必落脚于一时一地一人。拙编"人生之病"，实乃"中国人人生之病"，实乃"转型时代中国人人生之病"，实乃"转型时代一中国人人生之病"。

二

落脚于一时一地一人之病，犹可以"病之气生风始"而贯通。

"身处惊涛骇浪之中，犹弄潮耳"的刘咸炘发现：宇宙如网，流变三叠，"一切皆有风气"，"未有物吾不得而知之也，既有物则皆有病矣，宇宙一病院也"。宇宙本体"本止一气"，一时一地有一时一地之风气，一时风气一地风气"一纵一横，各具面目"，"横说则谓之社会科学，纵说则谓之史学，质说、括说则谓之人事学"，人之不恃一己而以一己孚召，"则虽非一己，而实一己也"，由自摄他而察势观风，"人、时、地三者备而后论可定"病由。

这位"推十合一之士"执两用中："其实中西是地方，新旧是时代,都不是是非的标准。"固然"中西新旧,本不相同,不能尽说新的都是旧所有,西的都是中所有",西洋心物辨盛而中国理气辨盛,但"仔细一看,胡适的实验哲学、周作人的文学,不但在时间上是中国旧东西的变相,而且在空间上还是中国土风的结晶体",前者"恰是徽州朝奉的习气",后者"实实是浙东人传奇"气质,"而今最新人的脑筋,十有九还不是陷于无政府状态中,他们自己都在波浪里打滚,怎能自命为船人呢"?

宇宙一病院也,"尘世一苦海也,人生一悲劫也",而中西医学研究会创办者丁福保的《病中养生法》,别有"启蒙"意味。正因悲苦如斯,恒遭失意,"以嘻笑代号啕","何功不笑为健体之良剂?""人之悲哀忧闷不眠及种种疾病,犹机械失油而运转不灵也,一注以笑油,则全体活泼矣。"

更加深知尘世苦海的弘一法师,则不"注笑油",而是"大病从死,小病从医"。《信中说病》透露,在"下臂已溃坏十之五六""上臂渐次溃坏""脚面上又生极大之冲天疗"的危急时刻,"放下一切,专意求生西方"。而在"竟能化险为夷"后,方拟"请外科医疗治臂患"。

弘一法师和丁福保待病之道各异,而同归于"执中"。但对于"执中"不能乃至不为者,则"执偏"而行,"非中庸"而"非孔子"。

戴季陶的《神经病与贫血病》对孔子"有罪推定"——由《论语》"及其老也，血气既衰，戒之在得"推定孔子"一个人发穷急"，"已经是极强的神经衰弱和贫血的患者，所以他的思想颓丧，也是当然的了"，还扣上"科举毒害"的帽子："我看他是从小中奴隶教育的毒太深，受科举制的影响太大，这些恶种子，到了身心衰弱的时候，通同发泄出来。"

鲁迅的《由中国女人的脚，推定中国人之非中庸，又由此推定孔夫子有胃病》则是更高明的"人身攻击"——"推定"孔子"周游列国，运动王公"而"哼着'中庸，中庸'"，"不撤姜食"而"简直是省不掉暖胃药"，"胃里袋着沉重的面食，坐在车子里走着七高八低的道路，一颠一顿，一掀一坠，胃就被坠得大起来，消化力随之减少，时时作痛；每餐非吃'生姜'不可了。所以那病的名目，该是'胃扩张'"。

千文千面，一篇短制只是鲁迅和戴季陶的忧思别寄，并非切心道尽。但冷眼壁上观的姿态，自己超然于病域之外，悬设"怎晓得我老夫就是戏中之人"（《桃花扇》语）的同病相怜体认，"则隔矣"。

这般"病他不病己"的千姿百态，各执所见。

或说说"他"——如许钦文《病从口出》中"鼻子下面一张双唇厚厚的嘴巴，上面两粒圆圆的眼球"的疥疮青年，宋绍谟《目疾患者》中"已着疯病了"的"目疾患者D君"，茅盾《时髦病》中"打倒一切"并"骂倒一切"且不做一切"脚踏实地走一步"工作的"他",胡适《差不多先生传》主角"他姓差,名不多,是各省各县各村人氏。……他是中国全国人的代表"。

或说说"他们"——如高士其《癞病》中"他们惨黄色的皮肤上现出污秽的红癜,鼻梁塌陷了"的"麻疯病者",周作人《精神病问题》中"我看见过不少"的"精神病患者",瞿绍衡《摩登性寒腿病》中"一般摩登迷的青年女子",徐訏《谈美丽病》中称许"女明星的不喂奶主义"的"这群新才子们"。

或说说除去自己的"我们",如林语堂《论政治病》中不时"闭结、脚气、肺痨、痔漏、神经衰弱、肚肠传染、膀胱发炎、肾部过劳、脾胃亏损、肝部生癌、血管硬化、脑汁糊涂"的"我们的要人",沈从文《中国人的病》中"用旧观念不能应付新世界"的"毛病国民",傅斯年《心气薄弱之中国人》中"心气薄弱,所以'好行小慧'"的"中国人",洪为法《病的妙义》中"因循,苟且,不奋发,不前进"的"好病和多病的我国人"。

"病他不病己"的病见所由,是"宇宙非一病院也"而"老夫不幸生在一个病夫国"的不平之气,燥热难消,良可悯也。可借河上公正言略解:"夫唯能病苦众人有强知之病,是以不自病也。"

"宇宙一病院",吾非局外人。"夫唯病病"的"病己"自觉,

"病中谈病",追问"我们病了怎么办",则更多"切身感"。

"吾所以有大患者,为吾有身。"切身之言,尤其化醒。如郭沫若在《痈》中交代,"自己也学过医",但"为着一个小疖子,说不定便有丢命之虞,这使自己有时竟感伤得要泠泠落泪",而溃痈时"为这庄严的光景又感伤得快要流眼泪",意外体悟"'历史小'之道","'朝闻道,'孔子曰,'夕死可矣。'……即使今天晚上死就死于痈,我也是值得的!"又如王平陵在《痛哭流涕长叹息》中坦言自己"喝一次过量的酒,忽然呕吐齐作,发生了急性肠胃炎","在病中,我尝到许多痛苦,换来若干经验":"最痛苦的现实,还是自己的病,社会国家的病,究竟不是切肤之痛","害病也是学问,能害病的人,虽为病魔所苦,不为病魔所困,总有方法克服病魔的纠缠,他们是把病院当作学校,……彻底明白自己的病因,病态,病变……"

"往者不可谏,来者犹可追","病里尤知悟昨非"。徐志摩的《我们病了怎么办》反省,"我个人向来也是无条件信仰西洋医学,崇拜外国医院的,但新近接连听着许多话不由我不开始疑问了","在事实上可巧它们往往是在最主要的功用上使我们失望","'尽信医则不如无医',诚哉是言也!"纪果庵的《病中谈病》反照,"健康时候,老是动的……如一塘污水"风波不息,"既病卧在床……于暂时之安息里,收视返照,……可以洞见表里,细数游鱼,故在病榻乃大有悟道的机缘","此乃东方文化精髓，而在病中表现得最清楚者也"。罗运炎的《病中福》反察，病中"我和别人既同感受痛苦"，"此种从经验中发出的怜悯心最有价值"，"俗虑尽消，志朗神清……有因卧病变化气质的"，"有时且能在病中定大志，立大愿"，有道之士"正要善用其病"。

"有病方知身是苦，健时多向乱中忙"，"夫唯病病"，方能"撑起两根穷骨头"而"养活一团春意思"，方始"须知世上苦人多"而"但觉眼前生意满"，方得"沉舟侧畔千帆过，病树前头万木春"。此之病病，实非止于一时一地一人；"百病乘虚而入"，实非止于一时一地一人；"精神内守，病安从来"，实非止于一时一地一人；"至道不二"，不三亦不四，实非止于一时一地一人。

吴迎君

己亥年端阳日于长安无所居

说　明

　　本书编选诸篇，依繁体原文校正，除按编辑规范改正异体字、酌加修正标点和个别字词表述，对带有特定时代色彩的词语（如"甚么""那末""少为""狠难""美丽底"等），均加保留，以保持文章原貌，祈请读者诸君鉴谅。

编者

目 录

[吾有患为吾有身]

痛……………………………………………郭沫若 / 003
病鼻记…………………………………………老　伍 / 011
目疾患者………………………………………宋绍谟 / 015
摩登性寒腿病…………………………………瞿绍衡 / 018
肠胃病…………………………………………李青崖 / 024
瘴疫……………………………………………缪崇群 / 031
茶话·疟鬼……………………………………周作人 / 034
痛哭流涕长叹息………………………………王平陵 / 036
我的病…………………………………………邵洵美 / 041
我的病与协和医院……………………………梁启超 / 048
病………………………………………………巴　金 / 053
患病……………………………………………萧　红 / 062
信中说病………………………………………释弘一 / 066
由中国女人的脚，推定中国人之非中庸，
　　又由此推定孔夫子有胃病………………鲁　迅 / 068

「斯人而有斯疾也」

谈美丽病……………………………………………… 徐　訏 / 077

打破浪漫病……………………………………………… 胡　适 / 082

自大狂与幼稚病………………………………………… 郁达夫 / 086

"著作狂"及"发表欲"………………………………… 潘光旦 / 088

神经病与贫血病………………………………………… 戴季陶 / 091

怀乡病…………………………………………………… 杜　衡 / 093

"懒"的人生观………………………………………… 王　化 / 112

我的病…………………………………………………… 缪崇群 / 114

紫罗兰痷困病记………………………………………… 周瘦鹃 / 118

病………………………………………………………… 田　汉 / 126

乞丐和病者……………………………………………… 陆　蠡 / 132

伤兵的梦………………………………………………… 欧阳予倩 / 137

云天怅望………………………………………………… 傅　雷 / 148

病，死，葬……………………………………………… 谢六逸 / 155

「国家未免中衰者」

中国人的病……………………………………………… 沈从文 / 165

心气薄弱之中国人……………………………………… 傅斯年 / 170

怀柔，媚外，恐日及其他诸般杂症…………………… 海　戈 / 173

中国人的浅薄病……………………………… 楚　樵 / 181

病中的觉悟……………………………………… 章依萍 / 189

差不多先生传………………………………… 胡　适 / 191

病中书………………………………………… 陈寅恪 / 194

[病里尤知悟昨非]

小病…………………………………………… 老　舍 / 199

赞病…………………………………………… 施蛰存 / 202

病后杂谈……………………………………… 鲁　迅 / 206

病后吟………………………………………… 胡金人 / 219

由病榻上写来………………………………… 张恨水 / 223

病中谈病……………………………………… 纪果庵 / 226

无病之病……………………………………… 明　其 / 235

病……………………………………………… 周木斋 / 238

我们病了怎么办……………………………… 徐志摩 / 244

"病是美丽的"？……………………………… 狄　迺 / 251

病中养生法…………………………………… 丁福保 / 254

病中福………………………………………… 罗运炎 / 256

病的妙义……………………………………… 洪为法 / 258

「吾有患为吾有身」

痈

郭沫若

十天前在胸部右侧生了一个小疖子,没有十分介意。谁期它一天一天地长大,在五天前竟大到了我自己的一掌都不能含盖的地步了。随便买了点伊邪曲尔软膏来涂敷了半天,痛既相当,更有些作寒作冷。没有办法,只好在第二天清早破点费,跑到近处的外科医生去,请他替我诊看。

医生说,是 bosartig(恶性)的 Carbunbunkel(痈)。

我希望他替我开刀,但他要再看一下形势才能定。他用太阳灯来照了十几分钟,取了我二圆六十钱,教我要好生静养,切不可按压,如再膨胀下去,会有生命之虞。静养得周到时,三礼拜工夫便可望治好。

我自己也学过医,医生所说的话我自然是明白的,这不用说更增长起了我的忧郁。为着一个小疖子而丢命,当然谁也不会心甘;为着一个小疖子要费三个礼拜的静养和治疗,这也使我不得不感受着精神上的头痛。

算好，邻家的一位铝器工场的工头有一架太阳灯，我的夫人便去向他借了来。

自己用紫外光线来照射，一天照它两次，每次照它二三十分钟。余下的时间除掉勉强起来吃三顿淡饭之外，便只静静地瘫睡在床上。范增疽发背的故事，总是执拗地要在大脑皮质上盘旋。而更有一个执拗的想念是，我觉得我们中国人的白血球好像也已经变得来只晓得吃自己的赤血球，不会再抵抗外来的细菌了。不然，我这个疖子，否，这个痈，何以总是不化脓？

脓——这在我们有医学经验的人，都知道是一大群阵亡勇士的遗骸。我们的白血球是我们的"身体"这座共和国的国防战士，凡有外敌侵入，他们便去吞食它，待吞食过多时卒至于丢命，于是便成为脓。我们不要厌恶这脓吧，我们了解得这脓的意义的人，是应该以对待阵亡将士的庄严感来对待它的。

我这个痈总不见化脓，难道我们中国人的白血球，真真是已经变到不能抵抗外敌的么？

自己的脸色，一天一天地苍白下去，这一定是白血球在拼命吃自己的赤血球的原故，我想。

为着一个小疖子，说不定便有丢命之虞，这使自己有时竟感伤得要涔涔眼泪。

——妈的，我努力一辈子，就这样便要死了吗？而且是死在不愿意在这儿做泥土的地方!……

今天清早起了床来,觉得痛觉减轻了。吃了早饭后,自己无心地伸手向患处去摩了一下,却摩着了一指的温润。伸出看时,才是脓浆。这一快乐真是不小:我虽然是中国人,我自己的白血球依然还有抵抗外敌的本领的!原来我的痛已经出了脓,浸透了所护着的药棉和药布。自己过分地高兴了起来,便索性把衣裳脱了,把患处的药布药棉也通同剥掉了。取了一面镜子来,自己照视。

痛先生的尊容——一个附在自己胸侧的剥了皮的红番茄,实在不大中看。顶上有几个穴孔充满着淡黄色的软体,又像是脓,又像是脂肪。自己便索性用一双手来把硬结的一隅按了一下。一按,从一个穴孔中有灰黄色的浓厚液体冒出。这才是真正的脓了。我为这庄严的光景又感伤得快要流眼泪。你们究竟不错,一大群的阵亡勇士哟!你们和外来的强敌抗战了足足十日,强敌的威势减衰了下来,你们的牺牲当然也是不会小。我一面感慨,一面用指头尽力地罩压,真真是滔滔不尽地源源而来,真是快活,真是快活,这样快活是我这十年来所未有。

自己打着赤膊,坐在草席上,一手承着镜子,一手按着痛,按了有半个钟头的光景,蘸着脓汁的药棉积满了一个大碗。假使没有邮差送了一些邮件来,我的按压仍然是不会中辍的。

邮件也都顺手拉来看了，其中有一件是《东方文艺》的第二期。我把封皮破开，把杂志的内容也流水地翻阅了一下，觉得内容是相当充实，编者在搜集上确是费了不小的苦心。但可惜印刷的技术太低级，编辑的经验还不十分充分，这却使内容减色不少。

编制一种刊物等于在做一种艺术品，印刷是不可不讲究的。即使印刷差池得一点，编辑者的经验如充分，也多少可以补救。内容的配置，排比，权衡，不用说要费一番苦心；就是一个标题的宽窄，一条直线的粗细，都要你费一些神经的歆动。要有一个整个的谐调，一个风格，然后那个刊物才是一个活物。内容就平常得一点，就如家常便饭而弄得洁白宜人，谁都会高兴动箸。但如棹椅既不清净，碗盏又不洁白，筷子上有些蝇粪，酱油里混些猪皮，大碗小盘，热吃冷吃，狼藉在一桌，不怕就是山珍海味，都是不容易动人食兴的。编辑者除尽力拉稿选稿之外，对于编辑技术是应该加倍地用点工夫。这倒不是专为《东方文艺》而言，我觉得国内有好些刊物，说到编辑技术上都不能及格。新出的刊物以《译文》《作家》两种的编辑法为最好。在日本由魏孟克编出的《杂文》《质文》还有可观，但《质文》第五期是在上海编辑，将来的成绩如何就不敢保险了。

把《东方文艺》翻着,最后却翻到了目录前,封面后的广告面来,又看见了那《新钟创作丛刊》的预约广告。那广告在三个月前早就看过的,里面公然有一种是我的《历史小品集》,而且定价"四角半"。我最初看见时委实吃了不小的一惊。我不知道几时写了那样多"历史小品"竟能成"四角半"的"集"。

"历史小品"究竟是什么?是指的我近年所写的《孔夫子吃饭》《孟夫子出妻》之流吗?但发表了的共总只有三篇,"品"则有之,哪里便会"集"得起来呢?

"集"不起来的事情,那登预约的人后来似乎也明白了,记得不久在一本书后面所见到的同一"丛刊"的预约广告,"历史小品集"已经删去了"集"字而成为了"历史小品"。

其实就"品"也"品"不起来的。真好!我一翻到《东方文艺》的目录前,封面后如《新钟创作丛刊》预约广告来,那儿不是已经又把"品"字也删掉了吗?

| 历史小 | 郭沫若 | 四角半 |

循着这一字递减例,这预约广告再登得三回,我相信会是

历史	郭沫若	四角半
历	郭沫若	四角半
	郭沫若	四角半

九九归元,"郭沫若"的价值弄来弄去只值得"四角半"。

好的,有"四角半"存在新钟书局,再隔十年,我要叫我

的孩子们向他们用复利算去讨账。

这些都是后事,暂且不提,却说这"历史小"三个字确是一个天启。

真的,"历史"实在是"小"!大凡守旧派都把历史看得大。譬如我们的一些遗老遗少,动不动就爱说"我们中国自炎黄以来有五千年的历史"。炎黄有没有,且不用说,区区"五千年"究竟算得什么!请拿来和人类的历史比较一下吧,和地球的历史比较一下吧,和太阳系的历史比较一下吧,和银河系宇宙的历史比较一下吧。……"五千年",抵不上和大富豪卡尔疑比较起来的我身上的五个铜板。

其实只要是历史,都已经是有限的。尽管就是银河系宇宙的历史,和无限的将来比较起来。总还是"小"。

"历史小"——的确,这是一个名言,一个天启。

中国虽然有五千年的历史,那五千年中所积蓄的智慧,实在抵不上最近的五十年。譬如白血球吃细菌的这个事实,我们中国的古人晓得吗?又譬如"历史小"这句名言,我们中国的旧人能理解吗?

总之,"历史"真正是"小"。准此以推,有了"历史"的人也一样是"小"。

古代的大人物,其实大不了好多,连我们现代的小孩子所有的知识,他们都没有。

愈有"历史"者，人愈"小"。

愈有将来者，人愈大。

古代的人小于近代的人。

年老的人小于年青的人。

这些是由"历史小"这个公式所可导诱出来的公式。

我读过艾芜的《南行记》，这是一部满有将来的书。我最喜欢《松岭上》那篇中的一句名言："同情和助力是应该放在年轻的一代人身上的。"这句话深切地打动着我，使我始终不能忘记。这和"历史小"这个理论恰恰相为表里。

真的，年青的朋友们哟，我们要晓得"历史"实在"小"。

把年老的人当成偶象而崇拜，决不是有志气的年青人所当为的事。

我今年已经四十五岁了，虽不能算得一到老头子，也可算得半个老头子。自己的山顶怕早已爬过了的，即使还没有爬过，再爬也爬不了好高。

孔夫子还聪明，他知道说："后生可畏。"

老实讲。我自己是恨我已经不能再做得"可畏"的"后生"。

我希望比我年轻的人都要使得我可畏。

在"历史小"三字中感到了天启，把溃痈的快乐抛弃了，立刻跑进自己的工作室里来，提着一枝十年相随的 Parker 在这原稿纸上横冲直闯的写。一写便写了将近四千字。然而写到这里，仍然感觉痈的内部在一扯一扯的痛。

我这时又把痈部摩了一下，刚才压消了的肿，不知几时又恢复了转来。

外敌的势力是还没有衰弱的，我的英勇的白血球们又拥集到前线在作战了。

医生是警戒过我"切不可按压"的，我贪一时的快乐按压了半个钟头，又为一时的心血来潮而弓起背来写了这篇半天文章。妈的，该不真"有生命之虞"吧？

然而——

"朝闻道"，曰孔子，"夕死可矣"。

我清早闻得"历史小"之道，即使今天晚上死就死于痈，我也是值得的！

值得多少呢？

定价——

"四角半。"

预约——

贴邮票二分奉送。

原刊《光明》1936年第1卷第2期

病鼻记

老 伍

该是前生就注定要苦命的吧,不然为什么这几年来会大遭其厄运呢?!

那一年"九一八"的时候,一位同学的朋友的老祖母被从东三省赶回上海来;第二年"一二八"事件发生,那位老祖母的房子又被无情的炮火烧个精光。糟糕了,心里不知不觉地这样想,这一定是区区要大走恶运的预兆了!于是我便预料着——至少也得生上一趟小病。

真不愧是个"预料家",预料不久便变成事实了。

不争气的是鼻子。不但不能精诚团结,而且不知在什么时候受反动份子的引诱,偷偷加入伪组织,暗中结党造反,真可以说得上是大逆不道。我当初发觉这种阴谋,却不声不响;以为蕞尔小鼻,何足介怀,跳梁小丑,无庸讨伐,任其自生自灭便了。因此按兵不动,静待其变。可是后来情形越变越不对了。天气一冷一热，反动份子便乘机活动，好像在鼻中开扩大会议，打通电，发宣言，游行示威，几乎无所不来。后来甚至竟学日军在东北实行的侵略政策，不宣而战，野心勃勃，得寸进尺。但区区却硬下心肠，不理不管，实行长期抵抗政策；并且命令我自己不必着急，用下镇静工夫，容忍到底。可是后来终于越闹越不像样了，野心家终究没有知足的时候，囊括东三省不算，并且进一步猛攻热河，进窥华北。我这一急真是非同小可，因为反动派跋扈的结果，透气已经有些困难了，有的时候竟连书也不能看，事也不能做，昏天黑地，震动全身了。本来要求别人来平内乱这种丢脸的事，我是不情愿做的。无奈形势危急万分；况且当时爱好和平的政府，正在把东北的事件诉诸国联，主持正义的国际联盟也派了李顿调查团东来调查真相，而各国舆论对于我国所用的和平政策似乎也表示相当的同情与敬意，一时国际形势急转直下，东三省也似乎颇有收回的希望。区区看见情形如此，心里为之一动，便即刻诉诸医院。医院当局也仿照国联的例子，派了调查团来调查真相。当先区区虽然也送上一笔调查费，可是到此刻也后悔不该没先请调查员吃大菜了。调查团总算是主持正义的东西，只用额上妖镜一照，伪组织便原形显现，真相毕露。当时，调查团缮就报告书，说是对于伪组织，非加以开刀法办，令那班反动份子，无容身之地不可。

于是我便卧在布床上，被抬进一间白色的房间里，全身陷于白色恐怖之中。过后不久，听见楼梯的响声，终于看见人下来了。调查团先请反动份子喝酒，待其饱醉的时候，然后以迅雷不及掩耳的快刀斩乱麻手段，灭尽倒戈的反动份子。经过这次血的洗礼之后，才觉得身泰人安。从此区区与区区的鼻子，又重新共存共荣起来了。

可是过后只有七八个月，该是上次反动份子未曾全部肃清，尚有余孽潜踪鼻中的缘故吧，我又接到鼻中伪组织成立，密谋暴动造反的急讯了。我这次已经明白长期抵抗不是最稳妥的办法，就是能够挨过几天，也不能敷衍几年。虽然有人对我提出五年长期抵抗的计划，说什么十年树木百年树人五年医鼻这种动人观听的话，劝我去学医科，五年后再自己动手剿灭反动份子，平定内乱。可是我终究是性急的，又不愧是个爱好和平的人，觍颜再度诉诸我的国联，希望有人出来主持公道。最后调查团二次调查的结果，我为了全身的繁荣起见，忍痛牺牲了不少的细胞，以这班青年革命同志的热血来做身体复兴的代价。所幸医院的调查团没有瓜分我的财产的野心，得以不至破产亡身。

最天晓得的是现在鼻区中的匪徒又在横冲直动，为非作恶，实践那杀人不见血的勾当起来了。匪区中警报频传，然而区区的我，已经耗掉了不少的心血，如今结果如此，又有什么天衣无缝的好办法呢？

长期抵抗吧，只好又实行起长期抵抗政策来了。这无疑地是毫无办法中的最好的办法！

朋友问我："你近来身体怎样了？"我说：

"和我们中国一样！"

朋友告诉我说："你现在该早眠早起，改良你以往的生活方式才对啊。"我赶紧回答道：

"是是！"

"可是这也不是玩儿的事，你总该想出一点根本解决的办法来才对！"喜欢干涉人家内政的朋友又啰叨起来了。

"唔。"这算是我的回答。

"你的葫芦里到底卖的是什么药呢？"

"同我们的政府一样！"我只好这么说。

原刊《论语》1936年第82期

目疾患者

宋绍谟

目疾患者 D 君，脱离医院已经有两个多月，他并不曾痊愈，他的病症实在没有丝毫减轻。

他将药瓶击碎，很决绝的不再希望用药水来洗好他的眼睛，以前他曾为目疾的纠缠而憔悴满面，现在，双目几乎失明，而他自己却也十分乐意。

一般人很希奇："D 君，你为什么不把目疾治好呢？"

D 君嗤的一声笑道：

"治好做什么？你们目力健全的人，又看见了什么好东西？我愿意做一个盲人，使我不能再见从前所见的一切，我便心满意足了。

这样不争气不长进的民族，这些毫无国家观念只自私自利的肉尸，映在脑中，决无快感。

勇于对内，怯于对外，向别人磕头作揖，请求申张正义和平。

和平不在会议场中,和平乃在铁锥之下,铁锥握在巨汉的手中,和平乃有望。

希望别人帮助我,需知别人对我也是同样的不怀好意。

司令官搂着舞女求欢时,飞机师也睡赌场里。

纸糊的偶像戴了金色的高冠,只好给愚夫愚妇崇敬膜拜,睁着眼睛在床上遗尿,自己欺骗自己。

睡在鸦片烟床上喊'自强',坐在洋行里喊'抵制仇货'。

繁华的市集显着太平气象,歌乐通宵,愚蠢的百姓向上天祈祷禳解劫数,挽救目前大水灾的厄难。

门外有强盗剪径,拦路打劫,门内的人陪着姨太太抹牌。

水灾过后,遍地都是死尸,年轻的舞女在死尸上跳舞。

学生们不求实际,趋向虚华。

在上者例行,在下者敷衍,公文堂皇,事实不管;互相欺骗,遮掩,粉饰,多开会,少做事,结果伟大的东方民族与世长存,以至千秋万岁!

友人,这样我觉很舒服,我不能看见我所不愿看见的一切东西,你不要夸张你的目力吧!你又到底看见些什么呢?

希望,仅仅不过是默想中的少许安慰而已,如果睁开眼睛看时,便一切都不同了!

你所看的,给你的又是一些什么印像呢?

你说…………"喃喃的不绝,D君语着。

据说,D君除患了目疾之外,已着疯病了。

原刊宋绍谟《绍谟三年集1932—1934》,开明书店1934年版

摩登性寒腿病

瞿绍衡

寒腿这个病名，是北方的俗语，因为北方的气候寒冷，发生这个毛病的人较多，所以能够引起大家的注意，小区区客在北方的年数很多，也曾尝过这个病症的滋味，并且有过一度的研究，这种毛病，我初以为是北方气候的关系，那知道从去年迁回家乡的上海之后，也是照样有不少同样的病人，尤其是青年的女性，问问年老的长辈，都说他们年轻的时代，没有听见过这种毛病，因之我敢大胆的说，上海本不该有这种毛病，现在所以发生的缘故，那摩登的装束，的确是一种极大的原因，所以我给它题一个名称，叫作摩登性寒腿病，我想要是这样摩登下去，这病一定会蔓延到不可收拾的地步，于国民的健康，于民族的盛衰，实在要发生重大的影响，所以编作这篇文章，来唤起大家的注意。

寒腿的原因就是从腿上接受的寒气变成的，原来宇宙间的空气，无论屋内屋外，总是上层的稀薄，下层的浓厚，并且热的空气，因为容积膨胀的原故，往上升腾，于是那周围没有膨胀的空气，就来补充它的地位，因这上升下降的结果，就会生出风来，（俗名地风，）我有一个很明显的证明，虽是老戏法请大家试一试，就是拿两支洋蜡烛，都点上火，一支放在门框的上方，一支放在门框的下面，请看那火焰的方向，一定是上面的往外，下面的往内，这是空气在无形中流动的铁证，还有一桩事情，说出来是大家经验过的就是冷天在屋里打牌的时候，要是有人开了门不关，那些打手，必定要在醉心于中发白清一色的中间，猛觉得脚上有冷气，要异口同声的叫唤关门的口号，这样看来，人身对于寒冷的刺戟，虽然全身一样在空气之中，但是因为体位的关系，下身两足所受寒气的侵袭，要特别多些，在气候温暖的地方，当然是满不在意，然而在气候寒冷的地方，就不能不注意了，你看上海的洋车夫，都是光脚鸭的，北方的洋车夫，都是长袍鞋袜，俨如一位先生，我当初以为是北方的洋车夫有规矩，后来才知道是因为北方的气候太冷，所以民国十九年白崇禧的赤脚兵，到北平的时候，在夏秋两季，固然没有问题，后来那无情的北风一起，这些光脚鸭的丘八爷，也都受不了啦，你看北方人穿的毛窝，多么笨啊，穿的棉裤，多么厚呀，难道说北方人都不爱漂亮么，实在是冷得不得不然罢了，他们忙着这样的注意，还有不少的寒腿病发生,但是近几年来,欧风的输入,好像风电一般的迅速,在青年的女子方面,尤见得厉害,在冬天时光,也穿着草鞋式的皮鞋,肉露露的丝袜,牛头式的单裤,开口跳舞的薄衣,冻得鼻清水点滴不休,还在忍着充时髦,就是冻疮长得满身,还是死不改的活受,一般年长的人们,都替她们难过,任你百般的苦劝,那里灌得进她们的耳朵,我有几句描写摩登女子装束的情形,写出来请大家指教指教,"近称摩登,薄衣单裤,雪地冰天,还把膝露,丝袜凉鞋,街头阔步,冷气侵袭,下体独多,腰酸腿痛,冻疮无数,重则绝嗣,轻则经错,"这并不是我说的话太过分,实在太不合国人的卫生,所以要舌敝唇焦的说话。有人说欧洲人先行这种打扮,我们不过模仿模仿,要是有害的话,他们不会不禁止的,这不是中国人和非中国人的关系,是气候习惯房屋及国人体质等相宜不相宜的问题,因为欧洲是欧洲的气候,中国是中国的气候,欧洲是欧洲人的体质,中国是中国人的体质,气候不同体质各殊,那能够盲从地模仿呢,况且欧洲人的衣服,从小穿的是单薄,就是衣服增减,也完全是依着室温和气候的,冷了穿,热了脱,不把冬夏的季节为标准的,中国人的习惯,完全和他们不同,所以夏天发风奇冷的时候也只是一件夏布大褂,冬天穿双套大毛衣服,到人家屋里,坐在火炉水汀的旁边,也不肯把它脱了,还有一般所谓摩登的少奶奶小姐们,在家里到穿得不少,临到出门的时候,到反换得单薄,这种理由,真是宁波人说话缺缺的。从前的女人俏一个头,现代的女人,俏一双脚,这爱俏的打扮,简直是弄成寒腿病的大原因。

　　寒腿的症状　　一看这病名的意思,就知道腿是寒的,细细的研究它寒的理由,就是因为神经受了寒的刺戟,那些血管连忙收缩,从单方面说起来,是可以防止体温放散的好方策,那知道这血管一收缩,流到腿上的血液就减少了,血液一少,温热也自然减了,营养也自然不充分了,那腿上的神经,因为寒冷的直接刺戟,发生酸疼麻木,因为营养障碍的间接关系,于是步履也就不灵甚至不能行走了,这神经所受寒冷的刺戟,由脚传到下腿,由下腿传到上腿,由上腿传到腰部,于是受腰部神经支配范围的生殖器(就是子宫卵巢等)的血液循环也起障碍,所以起初不过腰酸腿疼,步履不灵,后来就要起坐不便,转动不能,甚至月经不准,受孕艰难,膀胱酸痛,心胃气疼,小腹膨胀,尿意淋沥,到了这个地步,睡眠也不能安了,饮食也不能强了,这病的侵袭,原来是不分男女的,但是因为女子比男子穿的少,尤其是近来摩登化的装束,处处要露出她们的曲线美,就是在月经时候和生前产后,也不管身体抵抗的减少,所以实际上女子患病的比男子多。

　　寒腿的预后　　在轻度的时候,没有什么重大的关系,但是日积月累的厉害了,不但障碍健康,性欲的程度也要减低,在女子方面，月经和生育，自然也要受他的影响。最近我在闵行，遇到一位对于养鸡很有研究和经验的朱汉高先生，同时去参观他的经营曙园养鸡场，但是走进园门，四面一看，确不见一只鸡的影子，我就问他说道，像这样太阳十足的时光，为什么不把群鸡放出来散散，朱先生说，地下的冰冻还没有溶解，鸡脚踏在冰上，腿部要受寒气，产卵的数目，就要减少的，又说怕它拾食冰冷的东西，我想一只鸡，要他多生蛋，尚且要如是的保护，你想一个女子，要她多生儿女，可能够这样的暴露吗，就是这花草果木的发育，也是地气温暖的地方繁茂，寒冷的地方，不容易长成，你看花园里的花木，在冬天的时候有的在根部用稻草包着的，有的在根部用泥土围着的，这都是可以证明防御冷气下部比上部要紧的证据，现在摩登的装束，实在是违背科学公理的，三五年来，常常听见一般十七八廿二三的青年女子，这个说腰酸，这个说腿痛，听起来倒比七八十岁的老婆婆还不如，你想像这样的下去，这时装的恶结果，要不了五年十年之后，一定会发生一种腰酸腿痛的流行病，这就是我所谓摩登性寒腿病，这个病症，实在有民族强弱的关系，有民族观念的当轴，应该要禁止这不合地方不合体质的时装，我想最好从学校的制裤制鞋入手，一般摩登迷的青年女子，听了我这议论，或者要说我是一个落伍的宿古董，但是一般有年纪的和已经吃这苦头的，一定会点头赞成的，所以现在不信我的人，在不远的将来一定也会觉悟起来，我曾经在张家口等边塞的地方，看见一般种地的老百姓，他们在初度的时候，上半身虽然是光了脊背，但是下半身确还穿着一条棉裤，这样看来，寒气从下面来的事实，连无知识的老百姓都知道的，那一般知识阶级的青年女子，怎能够这样的糊涂呢，将来到了不能动不能走的地步，就是后悔也来不及了。

原刊《文艺的医学》1934年第2卷第2期

肠胃病

李青崖

天热,吃多了东西,肚子痛,发烧,没气力,医生说我这是害了肠胃病。叫我躺在床上,不许动,不许吃,闹了两天,并没有效果;只有每天的光阴,在我却像是比往常要长好几倍,可恼,可恼!然而最可恼的,却不是这一套!

在医生所不许的,不过是"动"和"吃",他并没有不许我"看",谁知这两个"不许"经过执行之后,我就是要"看"点东西,自己也不许了!每逢用我眼睛放在种种符号上头,不到三五分钟就觉得脑袋像是立刻要开裂,所以有时候我索性闭上了眼睛,听候医生所称的肠胃病的支配!

今天有一次醒来,却摸着了几张报纸,随手举起来看了一会儿,仅仅认明白那些用大字印的题目,偏偏这几个题目的内容,和我很不发生兴趣:譬如黄河将要改道,罗外长不日西巡,李杜将军谈义勇军捐款,箱尸的凶手就逮,大批学生坐

"××总统号"邮船出洋，《英文基本八百字》出版之类；真地不用细看内容，只要这些题目的影子在我眼睛里晃一两下，已经叫我脑袋要开裂了。于是我就把它扔在一旁，光着眼睛向房里的墙壁呆看。

墙壁上是糊了花纸的，谁糊的呢？却没有晓得——这本不关重要，不过我搬进来的时候就已经有了。那是一种黄不黄白不白的，上面印了粗而浓的绀青色的方格子，格子里头印了有红有绿的三瓣相思花，我当初看过一眼就认明白。谁知今天我向它呆看的时候，却像是变了样子。方格子呢，固然不有动，三瓣相思花呢，都成了许多猫的脑袋了，联合起来，就像是无数的猫，关在无数个用玻璃做门子的盒子里面，抬头望着我。

猫的脸，素来是带同情意味的，即令墙壁上的那些来得如此之多，看起来至少也不叫我生厌；不过这是我一个人的肚皮经，而那些"猫们"的肚皮经，似乎并不如此，因为那些带同情意味的脸，终于都对我变了样子，大大变了样子：它们都变成猫头鹰了！这东西多少总带几分狰狞意味！……然而仔细一想，我记得猫头鹰在白天是瞎子，当时我既然看见太阳，所以我四周的猫头鹰尽管如此之多，可是我记起了这种认识，不仅因而并不害怕，倒反而看不起它们。

哪里晓得它们似乎已经明白我的肚皮经了，因为它们全又变了样子：钩样的嘴，看着一步一步变成尖得像标枪样的嘴了，发楞的平列黄光大眼睛，看着一步一步变成闪灼的分列黑光小眼睛了，同时那些猫样的扁脑袋，也一步一步变成圆而长的了，接着这些脑袋就像伸到格子外面似地显出一圈白的颈子来。啊！我认识了，这是一些乌鸦！

"讨厌的东西！"我正预备这样喊，它们却已经全体对着我"咶咶咶"地叫起来，我生气了。就费了许多事爬起来去打。这时候，有人开门进来了。原来说是一个医生……

他做完应做的事，终于叫我闭上眼睛静卧，一面问我：

——您这时候想做点甚么事？

——我只想看点东西！

——看书吗？

——书太重，拿不起！

——那么，看甚么呢？

——刚才，我正看一张报。报拿在手里真轻巧。

——为甚么现在不看？

——看就头胀，所以就早就扔开啦，并且那上面的新闻不合我的口味！

我说完，就打算听凭眼睛闭上去摸那张报给他瞧，借以证明我的确看过报，他却止住我，说是：

——不必，我已经瞧见啦，那并不是当天的报！

——那么，我算是上当啦，我当初看见黄河改道还担忧哩,现在也许已经早就改了道。

——您说的有一半对,在今天!

——怎么说?

——怎么说!改道是有的事,不过不是黄河!

——不是黄河!是白河吗?

——也不是,是扬子江!

——那儿有那么的事!扬子江改道打那儿走?

——打镇江进运河,经过苏州到杭州走钱塘江入海。

——真有这样的事?

——真有这样的事!并且政府已经派人做治江长官。

——派了谁?

——派了李杜。

——那个李杜?

——吉林的李杜,李将军!

——这倒不错!……那么朱……呢?这汉子究竟不打紧;不过怎么个治?

——听说是叫它好好儿在新改的路线里面呢。

——那末变化真不小啦!黄浦江快成一条干的水槽儿啦!

——真不小!倘若有那么一条干的水槽儿,那就真不小!

——上海要成没有好交通的海滩啦!

——对啦,还会赶不上塘沽啦!别说旁的,就是喝水的问题也就够大！

——这是和国际很有关的！

——很有关，所以咱们罗外长今日去莫干山啦！

——去莫干山？顽儿吗？

——像是顽儿……

——既然有事，他还能顽儿吗？

——像是顽儿，听说是做事。

——去莫干山好做些吗？

——不是吧，他去莫干山，自有旁人做……

——这消息确吗？

——不敢说怎么确，不过这也是从包打听的嘴里套出来的！

——那总有几分啦。上海的包打听真厉害！

——真厉害！死尸搬过了国界，凶手一样可以给。

——对啦！凶手一样可以给，死尸搬过了国界。

——凶手又要搬过国界啦，现在。

——怎么个搬呢？

——像一只乌鸦似地那么一飞就搬走啦。

——不对吧，大概是用总统邮船去搬吧。

——不能，凶手们不会讲英文。

——那也费不了大事；反正我们有了英文基本八百字那样

一本书啦！

——嘿，那本书！

——怎么！您说他太难吗？一分钟认一个字，一点钟就认得六十个，每人工作八点钟，就认得六八四百八十个。这难道不对？

——对！

——那末只要头一天读八点钟，第二天再读五点二十分钟就行，这还算费事吗？

——不过，读了八百，还要八百！

——那末，再花十三点二十分钟的工作就行了！

——再要八百呢？

——再要，再花！

——再花；还是像乌鸦似地那么一飞最好。

——真的吗？

——自然是真的。您打开眼睛看墙上罢；它们全预备要飞！

我登时服从了他的命令睁开眼睛了，那些乌鸦们果然都有预备要飞的神气。我望着它们哼了一声，它们立刻全对着我"咭咭咭"地大叫。我又生气了，正要求医生给我帮忙，谁知医生已经不知去向；我生气极了，爬起来抓着一个枕头去扑乌鸦，双脚一绊，双眼一黑，惊得我肉跳心惊，浑身大汗，定睛向墙壁细看，花纸印的图案依然是三瓣相思草。

慢慢地，我又觉得我肚子一下又疼起来了……半点钟后，现实的医生来了，他的咐吩，还是不许动，不许吃，却没有叫我闭上眼睛。

原刊《论语》1933年第25期，署名青崖

瘴疫

缪崇群

我不是要说一个幽灵或魔怪的故事，只是将一个人的"目击谈"复述一遍罢了。现在这个人大概还停在城中没有去，我想到他，如同看了一篇爱伦玻的作品。

他是一个夷人。他来自边境地方的一个小县，当他疲惫地走了十多天的山路，前天到达离这个城市西头二十多里的一个村寨时，天已经宴了。他不清楚哪里有打尖的地方，便沿家去探问，家家都关得紧紧的，看不到一个人影。只有一家的门，还虚掩了半扇，他便冒然走了进去。院子里也是阒无声气。堂屋和厢房都很整洁，他想着无论如何今宵总可以有寄宿的处所了。

"哪一个？"微细的声音，忽然从一边房屋里发了出来。这个夷人知道这一户人家并不是空的，虽然这么大的门庭里却是这样的寥寂。

他说明了是一个过路人没有宿处,渐走渐近地到了那间房屋的簷下。从窗格看见房里的床上躺着一个衰老的妇人。

"灶就在西首,你必定饿了,去自己烧点吃食罢。"她给这个客人指示着方向。

夷人的心,被感动着,一时忘了自己的疲惫与饥饿。

"弄好了饭想烦你一下神。"她说着,稍稍欠了一下身子。

夷人的耳朵里,仿佛装进了他母亲的吩咐一样。

"请你背我一下,把我背到后房的楼上去。"

夷人知道她是个病人,怜惜她已经难得移动了。

"并不是感激,也不是为报答着什么,"夷人停了一刻说,"一个人,替病人作一点事,这种力量和动机,可以说还是从心里自发出来的。"

他说这个妇人的体重很轻,还不抵一捆柴枝。

"于是我就背了她——"夷人说时把他的眼光注在一个地方,那个地方似乎有使他发瞠的魔力。"转过一个旁门,就背着她走上楼去,楼梯快走完了,一抬头,猛的看见四个死尸笔挺挺地躺在楼板上。这时我也不晓得背上这个人还有没有气息了。"

这个夷人赶进城后,才知道昨天经过的那一带村寨,正传说有鼠疫症流行着。有些人家全部死绝了。

楼板上那四个死人是谁呢?恐怕连那个妇人自己也不晓

得！她已经不能动弹，她还想去看看他们。

如今该是五个了，我想。

（后来据国际防疫处派人实地调查化验结果，证明该地流行的并非鼠疫症，乃是一种恶性疟疾——即前人所谓瘴疫。）

原刊缪崇群《石屏随笔》，文化生活出版社1942年版

茶话·疟鬼

周作人

赵与时《宾退录》卷七云:

"世人疟疾将作,谓可避之他所,间巷不经之说也,然自唐已然。高力士流巫州,李辅国授谪制时,力士方逃疟功臣阁下。杜子美诗,'三年犹疟疾,一鬼不销亡。隔日搜脂髓,增寒抱雪霜。徒然潜隙地,有觍屡鲜妆。'则不特避之,而复涂抹其面矣。"

避疟这件事,我在十四五岁的时候还曾经做过,结果是无效,所以下回便不再避了。乡间又认疟疾为人所必须经过的一种病,有如痘疹之类,初次恒不加禁断,任其自发自愈,称曰"开昂"(Ke-ngoang)。疟鬼名"腊塌四相公",幼时在一村庙中曾见其塑像。共四人,并坐龛中,衣冠面貌都不记忆,唯记得一人手持吹火筒，一持芭蕉扇，其余两个手中的东西也已忘却了。据同伴的工人说明，持扇者扇人使发冷，持火筒者一吹则病人陡复发热云。俗语称一般传染病云腊塌病，故四相公亦以是名。本来民间迷信愈古愈多，这种逃疟涂面的办法大抵传自"三代以前"，不过到了唐代始见著录罢了。英国安特路兰（Andrew Lang）曾听见一位淑女说，治风湿的灵方是去偷一个马铃薯，带在身边，即愈；他从这里推究出古今中外的关系于何首乌类的迷信的许多例来，做了一篇论文曰《摩吕与曼陀罗》（Moly and Mandragora），收在《风俗与神话》的中间。迷信的源远流长真是值得惊叹。

原刊《语丝》1926年第92期，署名岂明

痛哭流涕长叹息

王平陵

我的体质虽不算怎么结实,然难得害病,要我把心血争取的生活费,增加中西医的财富,颇不容易。大家说:"胜利以后,生活的艰苦,十倍于战时,与其病也,宁贫!"我确能实践这个真理;所以,被奸商们所搅起的高物价的浪潮,我能抖擞精神,勉强浮在浪头上拼命挣扎,自力更生,还不至于受不住浪头的袭击,打沉在海底。

今年夏天,自己大意起来,喝一次过量的酒,忽然呕吐齐作,发生了急性肠胃炎,来势沉重,岌岌可危,逼着我第一次进医院,整整躺了一星期,出院之后,还调治两个月,才渐渐复原。在病中,我尝到许多痛苦,换来若干经验。病之来,真是疾如流矢,快于火箭,病之去,比坐老牛破车上周游世界还要缓慢,我才知道得病易,去病难,复原更难。因大意而得病,必须小心治病,耐心养病。焦急,烦闷,互相诟病,并无补于病。治病是学问,没有学问和经验的医生,决治不好病人的病;但害病也是学问,能害病的人,虽为病魔所苦,不为病魔所困,总有方法克服病魔的纠缠,他们是把病院当作学校,医生是教师,自己是学生,前后左右的病人都是同学,可以说你澈底明白自己的病因,病态,病变……从中取得实地的经验,警告你戒酒,戒烟,戒色,戒赌,戒熬夜……而能知道预防的方法,预防病魔的乘隙而入。病的经验告诉我:我躺在病榻上,仿佛做了病魔的俘虏,完全剥夺我生活的自由,立刻会被你想到健康的幸福;并且羡慕那些健康的人,在光天化日之下,优哉游哉,自由自在,东西南北,毫无拘束,万事由我做主,一切随心所欲,何等快乐,多么舒服。其实,有些人的身体虽没有什么病,而社会和国家的病,同样被他们痛苦,被他们灰心,被他们摇头叹息,捶胸泣血,痛感到改革有心,效劳无力的悲哀,这,我也是一样。不过,到我有病在身,除了但求病体早早复原,能够和那些同病相怜的病友,共唱"回春之曲"外,绝没有忧时伤怀,悲天悯人的念头。此刻社会上许许多多慷慨激昂的革命家,怀才不遇的志士仁人,常常牢骚满腹,动辄指桑骂槐,处处不满现实。他们如果感染了伤风症,害上十多天不痛不痒的病,定能体验到最痛苦的现实,还是自己的病,社会国家的病,究竟不是切肤之痛,要是提早驱逐了病魔的肆虐,抱定"国家事,管它娘"的原则,只是吃吃喝喝,打打马将,则现实的"现实",仍是令人十分满意的。因此,我愿为现世剩留的独裁者们计划一种对付政敌和异己的妙法,那就是与其硬做,不如软化,与其多筑监牢,不如广建病院,最好让那些多愁善感,爱发牢骚的先生们,一有感冒,就免费入院,廉价治病。医院的设备,必须完备,能够包医百病,而于治神经病,相思病,更是拿手,在他们之前,兼有无数漂亮风骚的白衣观音,川流不息,载歌载行,一面奉献药饵,一面递送蜜语,使他们都能直接憧憬到"生之诱惑"与"死的威胁",我敢说,谁不知道生命之可爱,谁愿意为古人担忧,替今人发愁,空发无效的牢骚呢!而在当局者既可获得预期的实效,又可避免摧残压迫的嫌疑,何乐而不为!像这些话,在我未病之前,压根儿不知道;所以,害病也是一种学问,能害病的人,躺在病榻上的时间,如在学校里上课一样,时时刻刻可以增加新的智识,活的经验,决不是浪费。孟子说:"人之有德慧术知者,恒存乎疢疾。"曾涤生先生也说:"疢疾所以益智。"可见把害病当作受教育,古圣贤都如是说,原不是小区区所发明。

"物必先腐也,而后虫生之",这就是说,人之病,是起于内邪,并不是来自外感,内无邪,外感便无隙可乘,内邪好比是外感的第五纵队,潜伏在人体内,专做引诱外感的媒介,干那"里引外合"的勾当,善治病者,必先清除内邪,内邪既除,则外感不攻自灭；若错认目标，舍内邪而专攻外感，对病人必然造成内外夹攻的危局，陷病人于绝境。

什么才是病人的"内邪"？能害病的人，自能认清本末先后，明辨轻重缓急，捉住要害，为治病者提供真实的参考，决不至于放纵"内邪"，或把外感误作"内邪"，徒然淆混治病者的考虑，使无法找到正确的诊断。医生的诊断是否正确？仅赖医生的经验和智慧，是靠不住的，还要看病人的自我检讨，是不是忠实无欺？有没有遮掩不可告人的"内邪"，故意讳莫如深，让医生去暗中摸索？病人的报告病状，非老实不可，非澈底不可，既有病在身，切不可要面子，假使是因嫖妓而中了梅毒，切不可说是轻微的疥疮，处女们到了春天，由于关不住春心而大腹便便，在医生面前，切不可说是胃病又发作，病人而在医生面前要面子，岂特不智而已，简直是和自己的寿命开玩笑！治人体的病是如此，治社会国家的病，也是如此。

人体有病，是蹈进"阎王路"的初步，社会有病，是衰落的起点，国家有病，是灭亡的开始。害病虽然是教育，总是讨厌的，危险的愈是轻微的病症，实在愈不能马虎，天下固无必死之病，然也无不死之病；所以，必须慎择医师，对症下药，倘讳疾忌医，乱投药饵，那么，死，衰落，灭亡，便是必然的结果。

据医学家说：人体的病，只有肺病，癌，感冒，还没有特效药来治疗。不过无法治疗的病,已由于科学的进步,逐渐减少。惟社会上人心的堕落,虽也是心脏病的一种,"贪污"是属于国家的内邪,但不知疗治它们的特效药,到何时才能发明了?中国人蒙受它们的内外夹攻,自古已然,于今为烈。左氏传云:"国家之败,由官邪也!"尤其是贪污之类的内邪,如果不肃清的话,国家未有不灭亡的。现在"拍苍蝇",苍蝇愈拍愈多,"打老虎",老虎越打越凶,究竟有没有特效药呢?这久经磨刼的病体,实在受不住"敲骨钻髓"了!可为痛哭流涕长叹息者,此病是也!

原刊《论语》1947年第141期

"黑心病"(肖虎 作)

我的病

邵洵美

我们决定了在本期出版《病的专号》以后，不到几天，我忽然生起病来。好像玄冥中那位主宰故意给我一个切身的体验，以便写这篇文章能够更来得亲切。

这次的病的确来得奇怪，开头实在轻微得不值注意，可是不知道一个什么关节，竟然发展得凶猛异常，二三十天不能出门，到今天还未会完全复元；肉体的痛苦不必说，精神上也受到相当的影响，甚至整个的生活环境几乎来一个极大的变动。幸亏在病厉害的时期，体温没有增加，否则连性命也可以发生危险。

其实，假使玄冥中的主宰的目的，真是为了这篇文章，他应当记得我对于"病"的经验也尽够丰富了。在抗战时期，也是一个奇怪的病，使我在五六天内，好像老了二三十年，头发一蓬蓬脱落下来，不脱落的完全变得雪白；皮肤又干又黄，是一种六七十岁老病者特有的色素；声带也会改变，听觉视觉都感迟钝：难得见到我的人，偶然相逢，竟以为我是我近房的老长辈。几位医生起先都怀疑是"不名誉病"，但是混身经过了严格的处查，才一致说是我神经受了过分的刺激。现在想起来有些好笑，可是当时的确尝足了病的滋味。再说我的老婆，她在抗战前三年得过气喘病，不厉害又难得发，可是自从我军由上海撤退，接着太平洋战争开始，租界沦陷，气喘病便也逐渐厉害起来，有一次一连七八个月没有终止，体重减到七八十磅，又几乎每天总有寒热，医生也想不出办法。我在当时正好成天不出门，于是做了日夜的看护。后来我到后方去了，胜利后回上海，她的气喘病竟已痊愈，现在已胖到有一百二十多磅了。再说我们有这许多孩子，时常有些小病小痛，当然都要来问到我。俗说："久病成良医"，我简直应当有"良医"的资格了。

说起"久病成良医"这句话，我从经验里倒也得到了个发明。假使仅依字义来讲，那么，天生的瘫痪，或是老年的痨病人，不都可以悬壶行业了吗？我的见解是应当先明白良医的定义，而良医的定义则应当有下面这三个条件：（一）他诊断郑重准确，对症下药；（二）如一时没有对症之药，则设法使病态不蔓延扩大，病势不加恶拖长；（三）对前二者均无把握时，绝不药石乱投。因此所谓"久病成良医"，便是说：（一）不妄自诊断；（二）不耽误病症；（三）不药石乱投。

我所以要特别提出这段话的原因，到后面自会知道。

现在让我来叙述这一次病的经历。起先是头发根发痒，抓几抓也就好了。忽然发现头顶上生了三颗瘰头，这便是痒的来源。通常人大概叫他们做"发癣"，夸张些也叫"黄水疮"。因为曾经听人说过，不治疗会蔓延，于是把上面结的盖全揭掉了，又用力挤出一些黄水，等到红血出来时，便擦上一些"玉树神汕"。我们因为小孩多，家里普通的药亦备得不少。"消治龙药膏"，"疏发连净药膏"等也有。不过我近来正对"玉树神油"发生好感，于是便用来搽了。谁知隔了两天，额上耳后都生起瘰来，痒了又抓，抓了好像瘰又增加。于是开始注意起来，当然又搽上些"玉树神油"，瘰更多了。

恰巧在前几天，走过南京路一家面馆，心想自从搬家到了林森中路，已有好多年没有来过，便进去吃了一碗"红两鲜"。现在皮肤上有毛病，可能中了所谓"食物毒"（Alimentary Intoxication）当天便去找一位做医生的老朋友，他也同意我的猜疑，叫我吃些泻盐泻一泻。回到家里立刻吃了两汤匙果子盐，那里知道一泻都不泻。于是第二天又吃了两汤匙更厉害的泻盐，泻的依旧不多。又等一天再吃两汤匙。因为泻盐须空肚时吃，所以一天不生效验，肚子饿了当然便吃东西，吃了东西不能再吃泻盐，便只得等第二天再说。这样一连三天，泻虽然泻了，脸上的瘰却更多了，接着手臂上也有了，痒也痒得更厉害了。晚上,痒得简直熬不住了。

于是决定再去找医生,而且决定正式找医生,不像上次那样走去随便谈谈。不过时间晚了,又得等明天。心想用药虽然要等医生指示,暂时不妨用热水烫烫。于是便用热水烫,烫舒服,水再加热。结果皮肤烫红,瘰头出水。于是搽些腓子粉。这一下事情便闹大了。原来瘰头出的水,会结盖,和上粉,满脸便好像涂上水门汀。人手臂或是膀腿的骨头跌断了,医生常用石膏涂满,使骨头长好以前,不致移动地位。这石膏浮涂在皮肤上面,我们已经觉得难受。我这次的情形,那石膏简直和皮肤凝结了,你可以想像我的感觉。同时常识又对我说,皮肤病切忌用水——天知道我方才怎么又会用水烫的!

忽然想起前几年生湿气的时候,医生开过一种药,是药粉和药水的混合物,涂了出水的地方会干,痒也会止。名字还记得。叫做 Calamine Lotion。于是赶快去药房里买来了用,凝结在皮肤上像水门汀和石膏般东西的只得用水洗去,又涂上新买来的粉药水。没料到粉药水也要干,干了和用干粉完全相同。脸上又凝结上水门汀了。可是假使再涂上些粉药水,那水门汀样的东西会有一时变软,于是隔些时候涂上些,倒也舒服。涂涂时间已晚,不觉入睡,突然梦中醒来脸上的皮肤均已干硬,眼皮嘴唇均黏紧了,眼睛张不开嘴也张不开。人还只得半醒,不免着了慌。老婆看见也吓得喊了起来。原来涂了好多层粉药水，越干越白。加以眼睛与嘴唇均不张开，脸袋像是座没有窗洞门石的白粉墙，又像是一张白纸，和一方白手帕，可怕不可怕！赶快再涂些粉药水，眼睛与嘴唇渐渐张开了。有一件事情真奇怪。不知什么原因，从这时候起，我竟然忘记再用水洗了。也不敢再用水洗了。可能是因为明知道用水洗掉了那种像水门汀样的东西，又得再涂上那水门汀样的东西，那么，何必添麻烦？况且多用水究竟不相宜。更奇怪是我始终没有想到，不涂粉，让瘰头出水，复有何妨？

在这种情形之下，当然不便再出门，于是请医生来。看看奇怪的是医生也没有想到叫我完全不搽什么东西。他赞成用这种粉药水，硬结得难受，便说可以加些甘油。可是甘油也会有干的时候。到了此时，皮屑经过了这许多刺激，面部便肿了起来，耳朵也肿了起来。医生知道皮屑病没有特效药，便从我经脉里抽出了五十CC的血又注射进了我的皮肤里，据说这是一种的治疗法，也不一定有把握。又隔了两三天，脸袋竟肿得比平时大了一倍。看上去真像舞台上的大花脸，更像是曹操，而且是最大的胖子扮的。你看吓人不吓人？脸肿了，那水门汀样的东西结得更紧了，皮肤热得像要出火。晚上便也不得入睡了。看看情形一天比一天恶劣，又请了医生来商量。这一位主张打配尼西林，于是每天上午十时一针，下午二时一针，六时又一针，五天打了二十万单位。

一个人到了绝望的时候，心神反而会平静。我大概对自己的情形有些绝望，所以从这时候起，心神倒平静了。心神平静了，回想从开始起的经过，发觉里面有不少错误。更想到为什么脸上一定要涂那许多东西，又记起好像医生从开始便叫我不要擦什么药的——不知他们怎么自己也会忘了的，于是决定冒个险。问明了医生说橄榄油不会有什么害处，于是涂上了许多，等那结硬的粉化软了，便慢慢地把它取下来。皮肤已红得像没有了皮，于是再用油涂在上面。

这时候忽然想起七八年前，我的女儿小玉生了奶癣，西医名为 Infantile Eczema，也是没有特效药的。厉害到皮都脱掉。在一家医院住了几个月，他们硬把腐皮撕去，又用盐水洗净，小玉没有痛死真是上天保佑祖宗积德！回到家来依旧没有医好。后来听人说有张丹方，用茶子煎油敷上患处，竟然长起新皮，逐渐痊愈。一时认为奇迹。隔多年会没有想到。于是立刻拿来敷上，五天后肿也退了，瘰也好了。可是和医生叫来为我打针的那位孙小姐讨论，我们都说不定究竟是丹方医好的，还是二十万单位的配尼西林的功效。

上面是我这次病状的简单的叙述。不待痊愈，为了种种关系，我不得不出门。银行里的经理副理，假使太多日子不见到你，会以为你是讨债跑掉了的。胜利以来，我别的毫无长进，借债的艺术却已豁然贯通了。所以即使皮肤尚忌见风，竟不得不让皮肤去见风：好在迟早会复元的，况且即使不复元犹什么了不得。比皮肤了不得的事情多着呢！

　　文章写到此地，心中似有所感。仔细一想，发现自己病的经过和当今时局有大同小异之处。国事日非，便怪跳舞跳坏了道德，吃菜吃坏了风化，真像我把毛病握在那碗"红两鲜"上一般。因为我到现在相信我的毛病是我横抓竖抓出来的。胜利以来的金融政策又活像我的一再涂粉。但不知经济危机会不会也臃肿到不可开交？至于整个国家的治理，究竟将来靠二十万单位的配尼西林呢，还是有一张国产的丹方，那可不得而知了。

　　现在要回转去，说到前面的"久病成良医"了。中国是个久病的国家，政府应当成为"良医"。所以我所说的良医的条件也不妨参考。诊断应当准确；否则应当设法使病态勿蔓延或拖长；如两者均无把握，那么，切忌药石乱投。与其禁止舞女，不如禁止舞弊；与其节约饭菜，不如节约"即兴诗"式的命令。需要警察调查的地方多的是，何必叫他们仅在饮食男女里去奔走？

　　　　　　　　　　原刊《论语》1947 年第 141 期

我的病与协和医院

梁启超

近来因为我的病,成了医学界小小的一个问题。北京社会最流行的读物——《现代评论》,《晨报副刊》,——关于这件事,都有所论列。我想,我自己有说几句的必要!一来,许多的亲友们,不知道手术后我的病态何如,都狠担心,我应该借这个机会报告一下。二来,怕社会上对于协和惹起误会,我应该凭我良心为相当的辩护。三来,怕社会上或者因为这件事对于医学或其他科学生出不良的反动观念。应该把我的感想和主张顺带说一说:

我的便血病已经一年多了。因为又不痛又不痒身体没有一点感觉衰弱;精神没有一点感觉颓败;所以我简直不把他当做一回事。去年下半年,也算得我全生涯中工作最努力时间中之一。六个月内,著作约十余万言;每星期讲演时间平均八点钟内外;本来未免太过了。到阳历年底,拿小便给清华校医一验，说是含有血质百分之七十，我才少为有一点着急，找德国、日本各医生看，吃了一个多月的药，打了许多的针，一点不见效验。后来各医生说："小便不含有毒菌，当然不是淋症之类。那么，只有三种病源：一是尿石，二是结核，三是肿疡物。肿疡又有两种：一是善性的——赘瘤之类；二是恶性的——癌病。但既不痛，必非尿石；既不发热，必非结核；剩下只有肿疡这一途。但非住医院用折光镜检察之后，不能断定。"因此入德国医院住了半个月。检察过三次，因为器械不甚精良，检察不出来，我便退院了。

我对于我自己的体子，向来是狠悻强的。但是，听见一个"癌"字，便惊心动魄。因为前年我的夫人便死在这个癌上头。这个病与体质之强弱无关，他一来便是要命！我听到这些话，沉吟了许多天。我想，总要彻底检查；不是他，最好；若是他，我想把他割了过后，趁他未再发以前，屏弃百事，收缩范围，完成我这部《中国文化史》的工作。同时我要打电报把我的爱女从美洲叫回来，和我多亲近些时候。——这是我进协和前一天的感想。

进协和后，仔细检查：第一回，用折光镜试验尿管，无病；试验膀胱，无病；试验肾脏，左肾分泌出来，其清如水；右肾却分泌鲜血。第二回，用一种药注射，医生说："若分泌功能良好，经五分钟那药便随小便而出。"注射进去，左肾果然五分钟便分泌了。右肾却迟之又久。第三回,用 X 光线照见右肾里头有一个黑点,那黑点当然该是肿疡物。这种检察都是我自己亲眼看得狠明白的;所以医生和我都认定"罪人斯得",毫无疑义了。至于这右肾的黑点是什么东西?医生说:"非割开后不能预断;但以理推之,大约是善性的瘤,不是恶性的癌。虽一时不割未尝不可,但非割不能断根。"——医生诊断,大义如此。我和我的家族都坦然主张割治。虽然有许多亲友好意的拦阻,我也只好不理会。

割的时候,我上了迷药,当然不知道情形。后来才晓得割下来的右肾并未有肿疡物。但是割后一个礼拜内,觉得便血全清了。我们当然狠高兴。后来据医生说:"那一个礼拜内并未全清,不过肉眼看不出有血罢了。"一个礼拜后,自己也看见颜色并没有十分清楚。后来便转到内科。内科医生几番再诊查的结果,说是"一种无理由的出血,与身体绝无妨害;不过血管稍带硬性,食些药把他变软就好了"。——这是在协和三十五天内所经过的情形。

出院之后,直到今日,我还是继续吃协和的药。病虽然没有清楚,但是比未受手术以前的确好了许多。从前每次小便都有血,现在不过隔几天偶然一见。从前红得可怕,现在虽偶发的时候,颜色也狠淡。我自己细细的试验,大概走路稍多,或睡眠不足,便一定带血。只要静养,便与常人无异。想我若是真能抛弃百事绝对的休息，三两个月后，应该完全复原，至于其他的病态，一点都没有。虽然经过狠重大的手术，因为医生的技术精良，我的体子本来强壮，割治后十天，精神已经如常，现在越发健实了。敬告相爱的亲友们，千万不必为我忧虑。

右肾是否一定该割，这是医学上的问题，我们门外汉无从判断。但是那三次诊断的时候，我不过受局部迷药，神志依然清楚；所以诊查的结果，我是逐层逐层看得很明白的。据那时候的看法，罪在右肾，断无可疑。后来回想，或者他"罪不至死"或者"罚不当其罪"也未可知，当时是否可以"刀下留人"，除了专门家，狠难知道。但是右肾有毛病，大概无可疑。说是医生孟浪，我觉得是冤枉。

"无理由的出血"这句话，本来有点非科学的。但是我病了一年多，精神如故，大概"与身体无妨害"这句话是靠得住了。理由呢，据近来我自己的实验，大概心身的劳动，总和这个病有些关系。或者这便是"无理由的理由"。

协和这回对于我的病，实在狠用心。各位医生经过多次讨论，异常郑重。住院期间，对于我十二分恳切。我真是出于至诚地感谢他们。协和组织完善，研究精神及方法，都是最进步的，他对于我们中国医学的前途，负有极大的责任和希望。我住院一个多月，令我十分感动，我希望我们言论界对于协和常常取奖进的态度，不可取摧残的态度。

科学呢，本来是无涯涘的。牛顿临死的时候说，他所得的智识，不过像小孩子在海边拾几个蚌壳一般。海上的"宗庙之美，百官之富"，还没有看到万分之一。这话真是对。但是我们不能因为现代人科学智识还幼稚，便根本怀疑到科学这样东西。即如我这点小小的病，虽然诊查的结果，不如医生所预期，也许不过偶然例外。至于诊病应该用这种严密的检察，不能像中国旧医那些"阴阳五行"的瞎猜。这是毫无比较的余地的。我盼望社会上，别要借我这回病为口实，生出一种反动的怪论，为中国医学前途进步之障碍。——这是我发表这篇短文章的微意。

原刊《晨报副刊》，1926年6月2日

病

巴 金

我失了信,在医院里躺了一个星期,没有打个电话给你。你也许会怪我,但是你得知道在这些时候我究竟怎样地过着日子。我告诉过你我的朋友很多,你似乎不相信,但这并不是一句假话。不过在这些日子里,很少有人来看我,因为他们不知道我躺在这里。有两三个朋友是知道的,然而他们都是有繁忙的职务的人,而且我也不愿把他们有用的时间白白地在我这里浪费,所以在这里我只是孤零零的一个人。

这里的生活是很寂寞、很单调的。自己静静地躺在病床上,不能够动弹。每天早晚有医生,带着笑脸来问病,有看护小姐带着没有表情的面孔来验温度,有侍役来送饭,有看护小姐来喂饭,来铺床,还有一个看护长每天早晨匆匆走进来做一个笑脸问一句:"好吗?"这一些就像一本小学教科书的书页,一页一页照例地翻过去。没有什么变化,即使意外地有了一点,这变化也是很单调的。那就像时局的变化逼着当局来修改教科书了。

这寂寞,这单调,真叫人难忍受下去。但我都忍受了。我始终没给任何朋友打过电话。我没向任何人表示过我也和常人一样需要一点安慰。我每天静静地躺在床上咬紧牙齿读着尼采:觉得疲倦时我放下书,有了精神便又把它读下去。当来到这里的第二天一个女医生给我取血来验的时候,我看见她把针刺进我的血管,我却掉开头专心读着我的右手里拿的那本 Ecce Homo。等到她取出针来,把我的血装进一只试管里,我才看见我的血也是一样的鲜红的血。这两天我还听见从对面的大病室里远远地送来一个病重的人的哀号,真是可以撕裂人心的叫声,我不知道那个人生什么病,但是他整整地叫了三天。听见这样的叫声我不能没有感动。但尼采的书救了我。我沉溺在尼采的世界里,所以我暂时忘记了周围的一切。医生来问我病痛,我总是淡漠地答道:"好"。开刀以后我整整痛了大半天,甚至在那时候医生来问我觉得怎样,我也咬紧牙关说:"不痛"。

你看,我就是这样的一个人,这在你或别的人看来的确是一个不可理解的古怪的生物,所以无怪乎你会说我"这人很难对付"。而且你会在我和你中间看见一堵墙(这墙还有几个人也看见过);无怪乎会有人在小报上说我"应付事的态度很利害",而且以为我的生活"神秘不可测"了,这还是一个朋友特地派人送来给我看的，所以我才知道小报记者又在给我的身上造了什么谣言。）

我说这些话，并没有责备你或伤害你的意思，而且你知道我决不会故意把你拿来和小报记者相比。那般人，他们要攻击我损害我，尽可以从正面来下手，我写过二三十本书，那倒是很好的材料。然而他们并不研究我的作品，并不了解我的作品，他们把这些完全抛开，却凭空造出许多毫无根据的谣言，说我怎样发财，怎样捣鬼，甚至代我做出无聊的旧诗，（其抄集旧句而成，）说我和某女作家唱和，（其实我至今还不认识这个人）使得远在广州和成都的朋友也惊奇地来信讯问了。

对于那般人我没有法子可以应付，反正真正相信谣言的也只有一些吃饱饭没事做的闲人，我的唯一的办法就是把他们当作不存在一般。我决不答辩，决不声明，我不能够把我的时间浪费在这些无聊的事情上。倘使我的行为不能使朋友了解，我的作品不能使读者了解，那么纵使我辩正一切的谣言，纵使我在各处发出消息替自己鼓吹，也不会有一点用处。对于谣言，我只有让它去自生自灭。我应该保持我的沉默的态度。这就是我的"厉害"吧。

然而对于你我却不能够沉默，我得向你说几句话，因为我相信你是一个诚挚的人。我现在不辩解，不声明，我想说的只是几句直捷了当的话。第一我得承认你说的"墙"。你并不会冤屈了我。我们中间的确有一道墙,而且这墙恐怕还是我来筑的。我起初还不明白我怎样会在我和人中间筑起了一道墙,但这次的经验使我完全明白了。

我还记得那一个早晨的情形:我睡在担架上,一床厚的被褥裹住我,一个看护小姐给我打了针,于是两个侍役把我抬了出去。我似梦非梦地躺着,不知道他们抬着我经过了一些什么地方。我只觉得一阵冷气向我的脸扑来。但是不久我的眼前就阴暗了。我知道他们已经把我抬进房里,且正往楼上抬了。进了手术房间,他们就把我放在手术台上,房里有两三个看护小姐,她们似乎在忙着预备什么东西,不时地走进走出。我依旧似梦非梦地躺在那里,像一只等人宰割的猪羊。一盏异常明亮的电灯正对着我的脸部垂下来。我用手腕遮住了强烈的亮光。

医生没有来。这等待是有些痛苦的,而且我心里又难过。大概过了半个钟头,也许没有这么长久,几个人的脚步声响起来,有人在说英国话。我知道医生来了。于是悬在我的胸部和脚部上面的电灯也亮了起来。我的头被罩上了布套,我的两手也被束在台上。医生的工作就这样地开始了⋯⋯

在手术台上我过了一些似梦非梦的时刻。但局部的麻醉并不曾使我丧失知觉。我的头脑渐渐变得清晰了。我清清楚楚地感觉到医生的刀子在我的身上动。我起初只觉难受,后来又觉得疼痛起来。我的两手不能动,就紧紧抓住垫被;我咬紧了牙关，极力不使口里发出一声呼叫；我的眼睛被布套盖住了，就只能够看见灯光。我觉得忍受不住时就接连把头往左右偏动，同时急促地呼吸起来。在这时候我的确是清醒的，而且这痛苦使我变得愈加清醒了。在这短时间里，大概不到一个钟头吧，我确实忘记了一切，生与死中间的栏栅似乎已经倒了。但尼采的世界救了我。在这时候我虽然咬紧牙关，可是我心里却不断默念着两个字：明天。甚至在这时候我还相信着明天，我还有勇气要征服这一切而活到明天。

但是我也得感谢一位看护小姐，连这人的面孔也没看见，可是她的一句话却援救了我。有一次我忍不住无意地发出了一声低微的叫唤时她却在旁边说："有什么痛，还没有割着呢！"这话使我感到惭愧，同时也给了我勇气。我对自己暗暗地说："我要忍耐到底。我不应该发出一声痛楚的呼叫。"

手术完毕以后，我的衣服完全被汗浸透了，人给我另外换了一件便又把我抬回到担架上去。我这时已经不感到痛楚，却只有疲倦，又沉入似梦非梦的境地中了。两个侍役抬着我，等候一个看护小姐写牌子，然后抬着我走下楼。等到又是一阵冷气微微地扑在我的脸上时，我听见押着担架的护士小姐说："怎么落雨了！"一个侍役回答道："小姐，你冷，你没有披件绒线衫出来。你在里面倒不知道落雨咧。"另一个侍役接口着说："走快点！"于是担架动得更厉害了。很快地他们就把我抬回到了病房。

我躺在病床上，身子没有一点气力，心里很难受，伤口又时时在发痛。我不想吃任何东西。我不能够闭着眼睛安睡一刻。这状态一直继续到夜晚。这其间我没有发过一声呻吟。看护小姐来验温度时问我，我也只简单地回答了一个"好"。甚至在这时候我也没有失掉对于明天的信仰。我在心里还默默地念着那两个可以安慰一切拯救一切的两个字：明天。

一直到这一天还没有朋友来看过我，是我不让他们来的。他们会以为我还是活泼地到处跑。即使知道我进医院的，也不过想我是在医院里找几天安静的休息。所以这天傍晚一个朋友派人送水果饼干来时，他甚至没吩咐听差问两句话。但是我却对那听差表示我很好，其实这时我已经躺在床上不能动弹了。

你看，我就是这么一个古怪的人，倔强的人，有时候连我自己也有些不了解。只有那些和我在一起生活过奋斗过的朋友，才能够知道我的内部的生活。倘说这倔强是虚伪，他们便会宽恕这虚伪。倘说这古怪是弱点，他们便会了解这弱点。在他们面前我是无法辩解的。你得知道我并不是一个骄傲自满的人。有时候在他们的面前我简直是一个小孩子。似乎有一个朋友告诉过你这种话。

我现在快写完第七张原稿纸了，你看，我就全在写关于我自己的话。原谅我，我不应该絮絮地向人诉说我自己的事情。

但是，在这里我跟外面的世界完全隔绝了，我能够看见什么呢？能够想到什么呢？你要我把同房的病人的故事告诉你吗？不，我不能够，那全是一些惨痛的故事。丈夫的呻吟，妻子的眼泪，母亲的哭……这且不说了。甚至在这里我也看出社会组织的缺陷来。我到这里来已经看见好些人出院了，他们出去时脸上还带愁容，他们是不等到病完全好就出院的。他们都向医生表示过生活的负担使他们连治病的余裕时间也没有。我尤其担心一个患肺病的人，我恐怕他大概活不过三年了。

我的话似乎应该结束了，但是我还没有写完呢。在夜晚这周围是很静寂的，不过有时也响动，因为夜间还有事情。我们这个房间八点钟就关了灯，但我整天都不能够闭眼，我心里难受。第二天晚上我向医生要了安眠药片吞服了，算睡了六个钟头。然而却尽做些噩梦，在梦里我好几次发出恐怖的叫声，说着大声的梦话，把同房的病人惊扰了。你想不到在梦中我会变作一个健康的人，而且甚至在北平参加学生运动。呵，我真羡慕那梦中的我呵。

以后安眠药片也失了效用了。我整夜都不能够睡眠。我闭着眼睛，心里就很烦躁；睁开眼睛，墙壁上又现出梦中的图画。有一夜我就完全没闭过眼，我的眼光穿过黑暗，定在墙壁上面，在那时候热情的熬煎比手术台上的挣扎还要难受。自己躺在床上成了一个病废的人，旁观着那样的活剧，这情形我实在受不了。

在这种时候,有一样东西救了我:信仰,就是对于明天信仰。为了它我要忍耐下这一切,而且我要经历过这一切而活到明天。

现在八点钟敲了,看护小姐要给我送安眠药来了。医生今天答应给我另外一种有效的药,我相信医生。我今晚一定可以好好地睡一觉。那么再见罢。而且我的两只膀子已经酸痛到极点了,你可想象到我写这信是如何的困难,我在这里连吃饭都是要人来喂的。

我现在要放下我的自来水笔了。我不知道什么时候我才能够看见你和我的朋友,也许一个星期,也许两个星期。但我不去管它。这痛楚,寂寞和单调可以折磨我,可以熬煎我。但我不怕。甚至在这时候我还想起了这样的话:

"到我这里来的必定不饿,信我的永远渴。"(《新约·约翰福音》)

我还有勇气说:

"我就是复活,我就是生命,信我的人死了也必复活,活着信我的人必永远不死。"(同上)

你看，我甚至有些狂妄了。像我这样的人的确是很难了解的。要打破我们中间的墙，自然不容易。但是你真的相信我是一个"很难对付的人吗"？那么撇弃我罢。我祝福你。

原刊《大公报·文艺》，1935 年 12 月 30 日

患病

萧 红

我在准备早饭,同时打开了窗子,春朝特有的气息充满了屋子。在大炉台上摆着已经去了皮的地豆,小洋刀在手中仍是不断的转着……浅黄色带着绵性似的地豆,个个在大炉台上摆好,稀饭的旁边冒着泡,我一面切着地豆,一面想着:江上连一块冰也融尽了吧!公园的榆树怕是发了芽吧!已经三天不到公园去,吃过饭非去看看不可。

"郎华呀!你在外边尽作什么?也来帮我提一桶水去……"

"我不管,你自己去提吧。"他在院子里来回走,他又是在想什么文章。于是我跑着,为着高兴。把水桶翻得很响,斜着身子从汪家厨房出来,差不多是横走,水桶在腿边左摇荡一下,右摇荡一下……

菜烧好,饭也烧好。吃过饭就要去江边,去公园。春天就要在头上飞,在心上过,然而我不能吃早饭了,肚子偶然疼起来。

我喊郎华进来。他很惊讶!但越痛越不可耐了。

他去请医生,请来一个治喉病的医生。

"你是患着盲肠炎吧?"医生问我。

我疼得那个样子还晓得什么盲肠炎不盲肠炎的?眼睛发黑了,喉医生在我的臂上打了止痛药针。

"张先生,车费先请自备吧!过几天和药费一起送去。"郎华对医生说。

一角钱也没有了,我又不能说再请医生,白打了止痛药针,一点痛也不能止。

郎华又跑出去,我不知他跑出作什么,说不出怀着怎样的心情在等他回来。

一个星期过去。我还不能从床上坐起来。到第九天郎华从外面举着鲜花回来,插在瓶子里。摆在桌上。

"花开了?"

"不但花开,树还绿了呢!"

我听说树绿了!我对于"春"不知怀着多少意义。我想立刻起来去看看,但是什么也不能作,腿软得好像没有腿了,我还站不住。

头痛减轻一些,夜里睡得很熟。有朋友告诉郎华:在什么地方有一个市立的公共医院,为贫民而设,不收药费。

当然我挣扎着也要去的,那天是晴天,换好干净衣服,一步一步走出大门,坐上了人力车,郎华在车旁走,起先他是抚着车走,后来他就走在行人道上去了。街树不是发着芽的时候,已长好绿叶了!

进了诊疗所,到挂号处挂了名,很长的堂屋,排着长椅子,那里已经开始诊断,穿白衣裳的俄国女人,跑来跑去唤着名字,六七个人一起闯进病室去,过一刻就放出来,第二批人再被呼进来。到这里来的病人,都是穷人,愁眉苦脸的一个,愁眉苦脸的一个,撑着木棍的跛子,脚上生疮搏着白布的肿脚人,肺痨病的女人,白布包住眼睛的盲人,包住眼睛的盲小孩,头上生疮的小孩。对面坐着老外国女人,闭着眼睛,把头靠住椅子,好似睡着,然而她的嘴不住地收缩,她的包头巾在下巴上慢慢的牵动……

小孩治疗室有孩子大大地哭叫,内科治疗室门口外国女人又闯出来,又叫着外国名字,一会儿又有中国人从外科治疗室闯出来,又喊着中国名字……拐脚子和肿脸人都一起走进去……

因为我来得最晚。大概最后才能够叫到我,等得背痛,头痛。

"我们回去吧!明天再来。"坐在人力车上,我已无心再看街树,这样去投医,病象不但没有减轻,好像更加重了些。

不能不去，因为不要钱，第二次去，也被唤着名字走进妇科治疗室，虽等了两点钟，倒底进了妇科治疗室。既然进了治疗室，那该说怎样治疗法。

把我引到一个屏风后面，那里摆着一张很宽很高很短的台子，台子的两边还立了两支叉形的东西，叫我爬上这台子去，当时我可有些害怕了，爬上去做什么呢？莫非是要用刀割吗？

我坚决的不爬上去，于是那肥的外国女人先上去了，没有什么，并不动刀，换着次序我也被治疗了一回，经过这样的治疗并不用吃药，只在肚子上按了按，或是一面按着，一面问两句，我的俄文又不好，所以医生问的，我并不全懂，马马糊糊的就走出治疗室。医生告诉我，明天再来一次，好把药给我。

以后我就没有再去，因为那天我出了诊断所的时候，我是问过一个重病人的，他哼着，他的家属哭着。我以为病人是病到不可治的程度，"他们不给药吃，说药贵，让自己去买，哪里有钱买？"是这样说我的。

去了两天诊疗所，等了几个钟头。怕是再去两天，再去等几个钟头，病人就会自然而然地好起来！可惜我没有那样的忍耐性。

原刊悄吟《商市街》，文化生活出版社1936年版

信中说病 ①

释弘一

致念西、丰德律师

（一九三六年二月，晋江草庵）

念西、丰德律师同鉴：

惠书敬悉。承诵《华严法典》，感谢无尽。此次大病，实由宿业所致。

初起时，内外症并发。内发大热，外发极速之疔毒。仅一日许，下臂已溃坏十之五六，尽是脓血。（如承天寺山门前，乞丐之手足无异。）然又发展至上臂，渐次溃坏，势殆不可止。不数日，脚面上又生极大之冲天疔。足腿尽肿，势更凶恶。观者皆为寒心。因此二症，若有一种，即可丧失性命。何况并

---
① 篇名系编者所加。

发,又何况兼发大热,神志昏迷,故其中数日已有危险之状。朽人亦放下一切,专意求生西方。

乃于是时忽有友人等发心为朽人诵经忏悔,至诚礼诵,昼夜精勤。并劝请他处友人,亦为朽人诵经。如是以极诚恳之心,诵经数日,遂得大大之灵感。竟能起死回生,化险为夷。臂上已不发展。脚上疮口不破,由旁边足指缝流脓水一大碗余。

至今饮食如常,臂上虽未痊愈,脚疮仅有少许肿处,可以勉强步行,实为大幸,二三日后拟往厦门请外科医疗治臂患,令其速愈。愈后,拟到泉州小住数日(或往惠安住数日),再返厦门,即在日光岩闭关。今日因叶居士来,匆匆写此奉闻,余俟面谈。此信中恐有错误之字(因匆忙故),乞谅之。

　　顺颂

道安!

演音　敬启

选自《弘一大师全集》,福建人民出版社1992年版

由中国女人的脚，推定中国人之非中庸，又由此推定孔夫子有胃病

——"学匪"派考古学之一

鲁 迅

古之儒者不作兴谈女人，但有时总喜欢谈到女人。例如"缠足"罢，从明朝到清朝的带些考据气息的著作中，往往有一篇关于这事起源的迟早的文章。为什么要考究这样下等事呢，现在不说他也罢，总而言之，是可以分为两大派的，一派说起源早，一派说起源迟，说早的一派，看他的语气，是赞成缠足的，事情愈古愈好，所以他一定要考出连孟子的母亲也是小脚妇人的证据来。说迟的一派却相反，他不大恭维缠足，据说，至早，亦不过起于宋朝的末年。

其实，宋末，也可以算得古的了。不过不缠之足，样子却还要古，学者应该"贵古而贱今"，斥缠足者，爱古也。但也

有先怀了反对缠足的成见，假造证据的，例如前明才子杨升庵先生，他甚至于替汉朝人做《杂事秘辛》，来证明那时的脚是"底平趾敛"。

于是又有人将这用作缠足起源之古的材料，说既然"趾敛"，可见是缠的了。但这是自甘于低能之谈，这里不加评论。

照我的意见来说，则以上两大派的话，是都错，也都对的。现在是古董出现的多了，我们不但能看见汉唐的图画，也可以看到晋唐古坟里发掘出来的泥人儿。那些东西上所表现的女人的脚上，有圆头履，有方头履，可见是不缠足的。古人比今人聪明，她决不至于缠小脚而穿大鞋子，里面塞些棉花，使自己走得一步一拐。

但是，汉朝就确已有一种"利屣"，头是尖尖的，平常大约未必穿罢，舞的时候，却非此不可。不但走着爽利，"潭腿"似的踢开去之际，也不至于为裙子所碍，甚至于踢下裙子来。那时太太们固然也未始不舞，但舞的究以倡女为多，所以倡伎就大抵穿着"利屣"，穿得久了，也免不了要"趾敛"的。然而伎女的装束，是闺秀们的大成至圣先师，这在现在还是如此，常穿利屣，即等于现在之穿高跟皮鞋，可以俨然居炎汉"摩登女郎"之列，于是乎虽是名门淑女，脚尖也就不免尖了起来。先是倡伎尖，后是摩登女郎尖，再后是大家闺秀尖，最后才是"小家碧玉"一齐尖。待到这些"碧玉"们成了祖母时，就入于利屣制度统一脚坛的时代了。

当民国初年,"不佞"观光北京的时候,听人说,北京女人看男人是否漂亮(干按:盖即今之所谓"摩登"也)的时候,是从脚起,上看到头的。所以男人的鞋袜,也得留心,脚样更不消说,当然要弄得齐齐整整,这就是天下之所以有"包脚布"的原因。仓颉造字,我们是知道的,谁造这布的呢,却还没有研究出。但至少是"古已有之",唐朝张鷟作的《朝野佥载》罢,他说武后朝有一位某男士,将脚裹得窄窄的,人们见了都发笑。可见盛唐之世,就已有了这一种玩意儿,不过还不是很极端,或者还没有很普及。然而好像终于普及了。由宋至清,绵绵不绝,民元革命以后,革了与否,我不知道,因为我是专攻考"古"学的。

然而奇怪得很,不知道怎的(干按:此处似略失学者态度),女士们之对于脚,尖还不够,并且勒令它"小"起来了,最高模范,还竟至于以三寸为度。这么一来,可以不必兼买利屣和方头履两种,从经济的观点来看,是不算坏的,可是从卫生的观点来看,却未免有些"过火",换一句话,就是"走了极端"了。

我中华民族虽然常常的自命为爱"中庸",行"中庸"的人民,其实是颇不免于过激的。譬如对于敌人罢,有时是压服不够,还要"除恶务尽",杀掉不够,还要"食肉寝皮"。但有时候，却又谦虚到"侵略者要进来，让他们进来。也许他们会杀了十万中国人。不要紧，中国人有的是，我们再有人上去。"这真教人会猜不出是真痴还是假呆。而女人的脚尤其是一个铁证，不小则已，小则必求其三寸，宁可走不成路，摆摆摇摇。慨自辫子肃清以后，缠足本已一同解放的了，老新党的母亲们，鉴于自己在皮鞋里塞棉花之麻烦，一时也确给她的女儿留了天足。然而我们中华民族是究竟有些"极端"的，不多久，老病复发，有些女士们已在别想花样，用一枝细黑柱子将脚跟支起，叫它离开地球。她到底非要她的脚变把戏不可。由过去以测将来，则四朝（假如仍旧有朝代的话）之后，全国女人的脚趾都和小腿成一直线，是可以有八九成把握的。

然则圣人为什么大呼"中庸"呢？曰：这正因为大家并不中庸的缘故。人必有所缺，这才想起他所需。穷教员养不活老婆了，于是觉到女子自食其力说之合理，并且附带地向男女平权论点头；富翁胖到要发哮喘病了，才去打戈而富球，从此主张运动的紧要。我们平时，是决不记得自己有一个头，或一个肚子，应该加以优待的，然而一旦头痛肚泻，这才记起了他们，并且大有休息要紧，饮食小心的议论。倘有谁听了这些议论之后，便贸贸然决定这议论者为卫生家，可就失之十丈，差以亿里了。

倒相反，他是不卫生家，议论卫生，正是他向来的不卫生的结果的表现。孔子曰,"不得中行而与之,必也狂狷乎,狂者进取,狷者有所不为也!"以孔子交游之广,事实上没法子只好寻狂狷相与,这便是他在理想上之所以哼着"中庸,中庸"的原因。

以上的推定假使没有错,那么,我们就可以进而推定孔子晚年,是生了胃病的了。"割不正不食",这是他老先生的古板规矩,但"食不厌精,脍不厌细"的条令却有些稀奇。他并非百万富翁或能收许多版税的文学家,想不至于这么奢侈的,除了只为卫生,意在容易消化之外,别无解法。况且"不撤姜食",又简直是省不掉暖胃药了。何必如此独厚于胃,念念不忘呢?曰,以其有胃病之故也。

倘说:坐在家里,不大走动的人们很容易生胃病,孔子周游列国,运动王公,该可以不生病证的了。那就是犯了知今而不知古的错误。盖当时花旗白面,尚未输入,土磨麦粉,多含灰沙,所以分量较今面为重;国道尚未修成,泥路甚多凹凸,孔子如果肯走,那是不大要紧的,而不幸偏有一车两马。胃里袋着沉重的面食,坐在车子里走着七高八低的道路,一颠一顿,一掀一坠,胃就被坠得大起来,消化力随之减少,时时作痛;每餐非吃"生姜"不可了。所以那病的名目,该是"胃扩张";那时候,则是"晚年",约在周敬王十年以后。

以上的推定,虽然简略,却都是"读书得间"的成功。但若急于近功,妄加猜测,即很容易陷于"多疑"的谬误。例如罢,二月十四日《申报》载南京专电云:"中执委会令各级党部及人民团体制'忠孝仁爱信义和平'匾额,悬挂礼堂中央,以资启迪。"看了之后,切不可便推定为各要人讥大家为"忘八";三月一日《大晚报》载新闻云:"孙总理夫人宋庆龄女士自归国寓沪后,关于政治方面,不闻不问,惟对社会团体之组织非常热心。据本报记者所得报告,前日有人由邮政局致宋女士之索诈信□(干按:原缺)件,业经本市当局派驻邮局检查处检查员查获,当将索诈信截留,转辗呈报市府。"看了之后,也切不可便推定虽为总理夫人宋女士的信件,也常在邮局被当局派员所检查。

盖虽"学匪派考古学",亦当不离于"学",而以"考古"为限的。

三月四日夜。

原刊《论语》1933年第13期,署名何干

人生的
病

「斯人而有斯疾也」

谈美丽病

徐訏

那末,为什么不叫病态美?偏要叫美丽病呢?这个,我愿意先告诉你,我是学过医的,没有学过艺术,所以我愿意,而且只能够谈病,谈美可真就外行了。

近来有许多提倡健康美的艺术家,把小姐们半身的,穿着游泳衣的与穿运动衣的照相,介绍给我们,指示我们这是健美的艺术家,叫人摆脱东方病态美的典型,来模效他们。

说是东方美的典型就是病态美,这句话假如是从演绎法来的,则根本不能成立;假如是从归纳法来的。那末说他们是从旧才子的书画上美人归纳而来,这是一点也不会冤枉他们,因为,假如他们常常用社会里的女子来归纳,是决不会得这句话结论的呢。而另一方面,在那些文字与照片上可知道,他们的健美人物,也只是在高材生、运动员,与艺员选来的。所以这个标准,还只是他们新才子派的标准,并不适宜于我们这般俗人的。

　　自然，艺术家终是有几分才子气，我们应当谅解他。因为假如"健美"的名称很早就有，我们相信贾宝玉也很会把肺病到第二期的林黛玉捧作健美的标准的吧。

　　其实，不用说未成名的美人，是有许多在民间生长与消灭，这我们在民歌里还可以找到，她们都是康健而美丽。就是已成名的美人，如西施，她是浣过纱的；文君，她是开过老虎灶的。这些事情都不是太娇弱的人可以做得。此外，妲己、玉环，我终觉得也是健康的女子。

　　所以把这些美人都说是病态，我终觉得是才子之罪。我看过西施浣纱图，溪流是清澈见底，游鱼可数，柳绿桃花，蝴蝶在周围飞，黄莺在树上唱，西施穿着淡黄色的衣裳在河边像寻诗一样的浣纱，纱像新式手帕样娇小玲珑，使我疑心这是哪一个小姐旅行团在风景绝伦的地方用手帕在水里晃荡时留下的一幅照相了。我也看到过文君当炉图，茶馆在山明水秀之村，生意很好，四周是人，人人都是高等华人，或挥鹰毛扇，或读《太上感应篇》；相如书生打扮在捧茶，秀美无匹；文君则粉白黛黑泛桃花，笑容可掬，衣服鲜丽，手握小团扇，如梅兰芳饰着虞姬，手辫网球拍一样。也许我是乱世的惊弓之鸟，见此图后，替她担心者久之，谁敢担保张宗昌部下不会来喝一杯茶呢？

才子们曲解事理，逃避现实，这是古已如此的了。但是在小说里的女子到有二派，一派是私定终身后花园的多愁多病的大家闺秀，一派是武艺超群，飞来飞去的将门千金；前者正如同许多近代小说里的会诗会文的大学生与画报上擅长艺术的小姐，后者是正像一部分小说里所有着的浪漫的热情的、黑俊色的女性与画报里的游水池畔运动场上跳舞衣里的玉人照相。自然这并不是完全相同的二对，可是才子的弯曲这些把部分的现象当作整个的事实是一样的。

美的标准原是由社会而变的，当初是皇帝的世界，觉得宫殿里需要袅袅的女子，于是女子们都来缠脚了，皇帝要胖太太，于是胖子都是美人，才子们都歌颂丰腴；皇帝要瘦老婆，于是瘦鬼都为美人了，才子们都歌颂苗条。现在社会变了，阔人们不打算造宫殿来藏娇，有时候要走西伯利亚铁路去法国。有时候又坐皇后号去英国，长途跋涉，舟车颠簸自然要康健一点为是，于是才子们来了健美运动。

本来人生无病就是福，谁愿意生病？但健康的要求，原是在做得动，吃得下，固然也有几分为享受，但大部分倒是为工作的。可是现在的口号有些不同，健康的要求到是为美了！

其实如果你是要健康的人，我们一同到乡下去找，田野间或者是手工作场一定可以有许多，苏州有抬轿的姑娘，江北多种田的女子，固然许多许多现在都饿瘦了，但你给她吃就会复原的。可是才子们一定要穿着高跟鞋或者是游泳衣的人捧为健美，这个道理实使我费解的。

其实青年人之愿意为美而牺牲的，正像生物在性的追逐时，常常会不顾生命，植物在结果前要开花一样，这到是极其自然的事。

用这个眼光去看现在青年们健康，实在也只是为另外一种牺牲吧了。以前是的，西洋女子有束腰，中国女子有缠脚，不久以前，把好好的牙齿去换一颗金牙齿，不是有的吗？把好好的耳朵钻过窟窿去挂金器不是中西都是一样吗？人人都笑非洲土人的以泥装饰为野蛮，可是你有没有想到自己生活中也常有这种相仿的事情呢？金属与土不都是矿物么？现在正有人冒着冬寒裸着手臂为带镯头之用，忍受那手术之痛苦冒着危险去受科学美容术的洗礼你都知道？

由此看来，牺牲着身体去求美，这是一直没有什么变更过；变更的是方法，而这方法则是进步的。

比方说缠脚是为娉婷，但是人当老得不配娉婷时候你不是不能还原么？而以此牺牲的苦之大小与所获得美的代价去比较，高跟鞋之娉婷，自然要自由要好得多。以耳朵钻洞去挂金器，自然没有夹扣法为少痛苦，而其所要修饰之目的不是相同的么？这是进步，可是为美外还是要牺牲身体是事实。

我相信人生有二重目的，一重是自存，一重是种族，前者是求健康以利工作，后者是牺牲健康以利新生命，哪一个人不为自己生存争斗，可是哪一个母亲不是为子女而衰老，哪一个人不为异性而牺牲。

我赞成健康运动，我也赞成修饰要求；但是我反对才子们的健美运动，因为这是把健康当作只为美而把美当作买卖，受这群新才子们的影响，那就反映在女明星的不喂奶主义！

话到这里必需说回来，既然每个人在某个时代终愿意牺牲点身体来求美，可是照常识看来，也许是蛮性的遗留吧：青年人的牺牲常常是盲目到置生死于度外的，穿高跟鞋露臂一类事本不算什么，世间还有为了太胖一点而不吃白脱与牛奶的小姐，有故意作微咳或者小病的太太，世间还有无数的为空想的美（恋爱）而痛苦而呻吟而死的青年男女！

美丽病也不是我所赞成的，但我同情它，因为我相信，以夹扣环代替钻耳朵，以高跟鞋代替束腰与缠脚的程序一样，人类文明的进步是能使得美丽病减轻的。

我反对不喂奶主义的健美买卖，因此我愿意在才子美人面前提倡美丽病。

一九三四，一，二九，一二时。

原刊《人间世》1935 年第 23 期

打破浪漫病

胡 适

刚才主席说"材料不很重要,重要的在方法",这话是很对的。有方法与无方法,自然不同。比如说,电灯坏了若有方法就可以把它修理好。材料一样的,然而方法异样的,所得结果便完全不同了。我今天要说的,就是材料很重要,方法不甚重要。用同等的方法,用在两种异样的材料上,所得结果便完全不同了。所以说材料是很要紧的。中国自西历一六〇〇至一九〇〇年当中,可谓是中国"科学时期",亦可说是科学的治学时代。如清朝的戴东原先生在音韵学、校勘学上,都有严整的方法。西洋人不能不承认这三百年是中国的"科学时代"。我们自然科学虽没有怎样高明,但方法很好,这是我们可以自己得意的。闽人陈第曾著《毛诗古音考》《屈宋古音考》等一些书。他的方法很精密的,是顾炎武的老祖宗。顾亭林、阎百诗等些学者都开中国学术新纪元,他们是用科学方法探究学问的，顾氏是以科学方法研究音韵学，他的方法是用本证与旁证。比如研究《诗经》，从《诗经》本身来举证，是谓本证；若是从《诗经》的外面举证便谓旁证了。阎氏的科学方法是研究古文的真伪、文章的来源。

一六〇九年的哥白尼听说在波兰国的北部一个眼镜店做小伙计，一天偶然叠上几片玻璃而发现在远方的东西，哥白尼以为望远镜是可以做到的。他利用这仪器，他对于天文学上就有很大的发现。像哈代维（Houdvery）、牛顿（Newton），还有像显微镜发明者黎汶豪（Leeuwenhoek），他们都有很大的发明。当哥白尼及诸大学者存在的时候，正是中国的顾炎武、阎百诗出世的时期。在这五六十年当中，东西文化、东西学说的歧异就在这里。他们所谓方法就是"假说"与"求证"，牛顿就是大胆去假定，然后一步一步去证明。这是和我们不同地方。我们的方法是科学的，然而材料是书本文字。我们的校勘学是校勘古书古字的正确的方法，如翻考《尔雅》、诸子百家；考据学是考据古文的真伪。这一大堆东西可以代表清朝三百年的成绩。黎汶豪是以凿钻等做研究的工具；牛顿是以木、石、自然资料来研究天文学，像现在已经把太阳系都弄清楚了。前几天报上宣传英国天文台要与火星通讯，像这样的造就实在可怕的。十八、十九世纪时候，西方学者才开始研究校勘学，瑞典的加礼文他专攻校勘学，曾经编成《中国文字分析字典》。像他这个洋鬼子不过研究四五年，而竟达到中国有三百年历史的校勘学成绩。加礼文说道："你们只在文字方面做工夫，不肯到汉口、广东、高丽、日本等地方实际考查文字的土音以为证明；要找出各种的读法应当要到北京、宁波，……等地去。"这可证明探求学问方法完全是经验的，要实地调查的。顾亭林费许多时间而所得到的很少，而结果走错了路。

刚才杨教务长问我怎样医治"浪漫病"？我回答他说：浪漫的病症在哪里？我以为浪漫病或者就是"懒病"。你们都是青年，都还不到壮年时期，而我们已是"老狗教不成新把戏"了。现在我们无论走哪条路，都是要研究微积分、生物学、天文学、物理学。我们要多做些实验工夫，要跟着西洋人走进实验室去。至于考据方面，就让我们老朽昏庸的人去做。黎汶豪的显微镜实在比妖怪还厉害，这是用无穷时间与时时刻刻找真理所得的结果。十九世纪时候，法国化学师柏士多（Pasteur）在显微镜下面发现很可怕的微生物。他并且感受疯狗的厉害，便研究疯狗起来。后来从狗嘴的涎沫里及脑髓中去探究，方知道是细菌在作祟，神经系中有毒。他把狗骨髓取出风干经过十三四天之久，就把它制成注射药水，可以治好给疯狗咬着的人。但是当时没有胆量就注射在人身上，只先在别的动物身上试验看看。在那时候很凑巧一位老太婆的儿子给狗咬伤，去请医生以活马当作死马医治，果然给他治好了。还有一位俄人给狼咬着，他就发明打针方法。法国酒的病，蚕的病亦给显微镜找出来了；欧洲羊的病，德国库舒（Koch）应用药水力量把羊医好。像蚕病、醋病与酒病治好后，实在每年给法国省下来几千万的法郎。普法战争后法国赔款有五十万万之巨额。然而英国哈维（Harvey）尝说：柏士多以一支玻璃管和一具显微镜，已把法国赔款都付清了。懒的人实在没有懂得学问的兴趣。学问本来是枯燥东西，而正确方法是建筑在正确材料上的，像西方的牛顿那样的正确。我们中国要研究有结果，最要紧的是要到自然界去，找自然材料。做文学的更要到民间去，到家庭里去找活材料。我是喜欢谈谈：大家都是年富力强，应该要打破和消灭懒病。还要连带说一说"六〇六"药水，是德国医生 Erlich 发明的，用以杀杨梅疮的微菌，这位先生他用化学方法，经过八年六百零六次的试验研求而成功的。我们研究学问，要有材料和方法，要不懒，要坚忍不拔的努力；那么，"浪漫病"就可以打破了。

原刊《民国日报·觉悟》，1928 年 12 月 9 日

自大狂与幼稚病

郁达夫

自大狂，亦称自我狂。系野心过烈，神经中枢起特别变化，理智为物欲所蔽，人性受兽性支配时的一种病态。这种病，原始起于个人，以为自我大于一切，一切就是自我。譬如三千里外，有人因见狗打架而发一笑，这自我狂者，虽远在三千里外，就以为人在笑他。同样的症状，很多很多，于是瞋恚无时，心神不定，愈演愈进，终非变成嗜杀狂的那一种恶症不可。这一种个人，在某一社会，某一国家，或某一民族中，数目多的时候，则这社会，国家，或民族，也得渐由自大狂，而进至于嗜杀狂的末一段，因而自取灭亡。

自大狂的另一征候，是幼稚病。先由理智思想的幼稚起，渐而至于言语的幼稚，行动的幼稚，结果，也同样地，可以引个人或集团到嗜杀狂的境地。再进一步，即不杀人，也必至于自杀。

读者诸君，看了我这两种病态心理的分析之后，大约总也马上可以了解日本这一次侵略战争的原因在哪里了。因几个军阀的自大狂与幼稚病的推动，日本当局竟领导全国走入了歧途。世界各国，无一国不认日本为疯狂，而这疯狂的结果，无疑地必至于自杀。

我们要想抗战，要想制敌，第一得先克服这两种病态的萌芽。领袖曾再三地告诉我们，要镇静。又告诉我们，小胜勿骄，小败勿馁，最后胜利，必属于我。现在前线战事，虽小有不利之处，然决不足以动摇我们的自信。自信并非自大。战略上的一时移动与后退，决不是决定最后胜利的楔子，断不宜就抱悲观。悲观就是幼稚。我们要加强团结，我们也要奋斗到底。

原刊《小民报·救亡文艺》，1937 年 11 月 27 日

"著作狂"及"发表欲"

潘光旦

我听说海上某大学的学生对于出版事业异常踊跃。普通的大学只有得三四种刊物，年报月报周刊之类似乎是都与体面攸关，不可或缺的。但是这个大学里，月刊周报，分门别类，竟不下一二十种。内中有用铅字排印的，也有用誊写纸油印的，甚至有由编辑先生或撰述先生们亲手抄录的。人工用得最多的，似乎最是洛阳纸贵，所以每期的出品大率贴在学校园内一方大草地中间四五条岔路口的一块条告板上，好教同学们人人得先睹之快。

我朋友的朋友某君年前出版了一种文艺的刊物，一人独自著述，独自编辑，独自出资印刷，独自校对，独自发行；到现在已经出了一期还不知两期，但据说还要继续出下去。

体面一些的大学都有所谓年报或年刊的发行，他的内容，除了编辑先生们的玉照而外，还有许多——也无非是玉照，有个人的，也有团体的；在个人的玉照下面，往往加上一些此人在功课外作的业，个人抱的宏愿大欲；编辑先生对于他的月旦评语，有时也附带的写着。这种一年不过一度的刊物大都印刷装订得异常讲究，因为，据他们讲，他是有永久的历史的价值的。

这种种现象，有人总称之曰，"著作狂"，又曰，"发表欲"。

狂字当然不妥；至于欲字，在科学的心理学里，究竟指甚么东西，我们也不清楚，但觉得近年的知识界里确有"按耐不住"的一种倾向、一种量力。有编辑和集稿经验的人都是这样说的。

这种欲望，大家知道，是很新的，和以前著述界"藏诸名山，传诸其人"的欲望似乎是很相反的。以前著述的人比较为数甚少，著作之后，有力量付诸剞劂的人为数更少；能够在生前见到自己的作品流传的人更是寥寥无几。现在呢，例如我昨晚上写着这一段"发表欲"的文字，我今天早上就可以看见排印出来。不过我们要了解，古今著作界的心理终究是一样的，一样希望把作品流传出来；不过以前以为种种物质上的设备太缺乏，这种希望不能立刻实现，只好藏诸身后了；甚或以退为进的说他的作品根本便不希望流传。到了现在，因为物质的设备很便利，所以著述少的便著述多了，不著述的也著述起来了，甚至完全不宜于著述的人，也起了倖进之心。同样的一种欲望，但是今人要比古人发展得厉害，几乎到了畸形的地步，这种分别是的确有的。

不过发表欲的畸形发展绝不止因为物质设备太便利的缘故。还有很重要的一个原因，便是著作界没有公认的标准。一篇文章，一首诗，究竟写得怎样，才算好文章好诗；一个做文章或做诗的人究竟做了怎样好的文章或诗，才可以称做一个作家或诗人：可以说是完全没有标准。即就《学灯》半年以来编辑《书报春秋》的经验而论，读者对于一种作品的毁誉，往往绝不一致，尤其是文艺的作品，尤其是创作的文艺。著作界既没有相当的刀尺随时加以剪裁量断，各种长长短短不长不短的出品自然是纷至沓来了；轻于尝试的作家自然要多于过江之鲫了；换言之，所谓"发表欲"的一种心理倾向，自然不免漫无限制的发展了。

原刊潘光旦《读书问题》，新月书店 1931 年版

神经病与贫血病

戴季陶

孔子说"及其老也,血气既衰,戒之在得",这一句话我觉得他狠有趣味,有一个半老的先生,常常一个人发穷急,说是"唉!我们已经四十多岁了,再不做事,就要没有日子了"。我们细细地把这一句话玩味玩味,觉得他真是十分可怜。到了这个地步,甚么"主义",甚么"贞操",甚么"过去的历史",甚么"将来的事业",甚么"世界的人类",都和他告了离别,他的意识,已经全被那一瞬之不住的○,紧紧吸住。

何以这种人他会苦到如此呢?最大的原因,当然不外是身心失了健全,"血气既衰",我看确是一个很大的关键。健全精神,常常附丽在健全的身体,他自己已经是极强的神经衰弱和贫血的患者,所以他的思想颓丧,也是当然的了。再一层,我看他是从小中奴隶教育的毒太深,受科举制的影响太大，这些恶种子，到了身心衰弱的时候，通同发泄出来，所以我们与其责备他们这些颓丧的人，还是要责备那恶劣的社会。

时代呵！你的转换期，应该快成熟了。

原刊《星期评论》1919年第26期，署名季陶

怀乡病

杜 衡

也许我不认识自己底故乡是一种幸福。至少是为了这原因，我才会把区镇当作故乡那样地看待。这是个小地方，小到无论你在哪一张详细的地图上都不会找到它底位置。离县城有村里人顺口地叫惯了的三九路；实际上，恐怕不止这点。健脚的农民能够在天还没有亮透的时候就出发，挑了本地底土产，抄小路进城去赶早市；可是停泊在城北埠头上的小船，咿咿哑哑地摇到那儿，却至少得费你整个上半天的时间。我呢，每次上区镇当然总是走水路。也许换了你便会觉得太气闷，可是我要说，这是一种乐趣。假如你没有经验过江南底水乡那种味，那么我就是绞尽了脑汁想出一千种说法来形容，也不会叫你明白；要不然，设或你曾经验过，那么只请你闭上眼想一想就成。总之，我说不出。

从还没有意识到自己底存在的三两岁的时候，我就离开了我底生长地,而且永远没有再看见它过一次。在那儿,我没有剩下了什么记忆,也没有一般人要认为是当然的家。可是据说,我底生长地也是像区镇那样的去处。我是愿意,同时也不得不,把对于故乡的爱移植到那么可爱的区镇上,整个地,或竟甚于整个。

我是在那个县城里修毕了我底六年中等教育的;而在区镇,我有着在这世界上所仅能骄傲的亲戚。在那个时期内,上区镇是每年至少至少有两次。

镇上的生活真过得轻易。

算是父亲底遗物之一的那只曾经配过五次玻片,修过三次发条的老时计是根本就用不到。早晨,要是鸡鸣还不够响的话,打从小河里经过的航船底照例的锣声却总够把我叫醒了。稍稍挨一阵被窝,阳光就爬到床帷上来。老年的舅父底咳嗽也有一定的时刻。于是便起身。到就在门外的河岸上去看一阵鸭子,看伶俐的捕翁鱼没到水里去用尖长的嘴把鲜龙活跳的鲅条衔上水面。这样是半天。村妇们提了篮子参参差差地到河步头来洗菜;随后,从市梢头望去可以完全看到的满镇的炊烟便报告着午餐。下午大概不同一点:暑天底日光是太可怕;而冬天,风也吹得紧:我总是在自己房里看一点书,随时可以抛开的书。一些儿有时是听上了几遍的,关于镇上任何稍稍值得注意的人的闲话;于是,假如是在夏季,我便可以听到那种着两株也许有百年以上的老梧桐树的院子里发出"迟——了——"的拖长的声音来催开晚饭。晚饭便在夕照中吃了。村里人决不会等到城里人睡觉的时候才睡觉。可是我,由于习惯,我是总要对着那萤火似的灯盏挨过初二更时刻。纵然舅母从没有在我身上吝惜过一次灯油底费用,可是我却总谨慎着把灯草减少到一根,因为她是常用点三根灯草可以在每年的开支上造成怎样的影响的话来教训她底子女的。极迟到二更,我总吹熄了火。

日记簿上是翻过了空白的一页。我爱这种无须乎记日记的日子。

我底多得恰巧可以造成一架人头的梯子的表兄弟和表姊妹们却不然。大概是为了我底血和他们底血不同的缘故吧,他们都厌恶这区镇,几次有意无意地讽示着搬走,搬上省城里去住。搬走?对于这可怕的提议首先反对的,不用说,是舅父。他会拿起长长的旱烟管来猛烈地扣着铺地的方砖,好像嫌它们还是破碎得不够似地。"今天吵城里,明天吵城里,"他会喊,"我死了之后这几亩田看你们还保得牢!"多份为着这原因,舅父是特别喜欢我;然而,"可惜好笋出在墙外,"这样的感叹却也常听到。

每次上区镇,我总拿一封套在大得可以伸整整一只手去的,上面有着"邵德馨老爷安启"等字样的信壳里的,不多又不少地刚巧写满八行的书信,先托航船带去。

由一个城里的脚夫挑着我底轻便的铺盖和书箱,我一步一步走到城北的高桥头。对蜂拥到我身边来兜生意的船户们摇着手,在闹市口的菜担堆里拐了弯,看到船埠,我便撩起长衫跨下石级去。

"长发!长发底船呢?"

照例在酱紫色的脸上带着笑容,长发一篙子把他底船撑到我底脚边来。他总留意着不让脚夫搬我底东西下船,要自己搬,怕的是放得不稳。于是,"少爷,走好!"他伸出了全是肌肉的臂膊来给我扶手。平常在学校里因为底子毕竟是乡下人而在体力上处处胜人一筹的我,到这样的境地却不得不开始感到自己底文弱。在我谨慎地钻进那个只有半个身体高的篷舱,还来不及把鞋子脱去的时候,长发却已经用一种猿猴底敏捷沿船边走到后舱,开始拿他底橹哗啦哗啦地拨着水了。

"菩萨保佑!你少爷出门总是好天。"这样的寒暄他是轻易不肯遗漏的。

一过高桥,世界似乎立刻换上了一副皮相。我深深地吸着蒸热的泥土底气息,像清凉散似的树荫底气息,和多少带一点鱼腥的水底气息。遮在笠帽下的农夫把一杓杓的肥料浇上菜畦去的情景,有时候也会有一种特殊的意味:因此,我同时也甘愿地吸着肥料底气息。总之,是乡村。

那时候,在我看来一切的存在便只是乡村、船和长发底一家。当然要除了自己；不，甚至自己底存或在许也可能被忘记。

长发底家包含着他本人，他底老是坐在船头上板桨的妻，和一个答应着阿狗这名字的，恐怕还不到十岁的小孩。

最先引起我注意的是阿狗。真像舅父家里的那只小花一样地，永远蹲在娘底脚边，玩弄着——也许是一根作缆索用的麻绳，也许是从他爹爹底烟袋上解下来的那一串比现在的铜元还大的"顺治通宝"，我记不清楚。可是这一点却是能断言的：他对于这样的日子似乎也像我一样地永不会厌倦。时常替娘向爹传着话，他是在这样的年纪就比我更多地懂得了不少的船上人底术语了。

记得有一次，是冬天，北风几乎把我底鞋子都吹到河里。我觉得冷；可是长发底老婆却流着汗，用了加倍的气力在板桨。

"逆风，船要重得多呢！"一种偷闲的旁观者底不好意思似的自觉使我不期而然地说了这么一句话。

奇怪，她向我瞟了一眼，没有像平时那样地无论我说一句什么无关宏旨的话都有一个相当的声音来答复；在这眼光中，我发现着一些矜持和一些敌意——我不解。

"进财风。"

阿狗在用他底圆眼睛对我身上溜了一会之后却禁不住这样

说。经过长发底解释。我才明白船上人有那么一种禁忌。阿狗算是教了我一次乖。

起初,那个孩子似乎有点怕我:这种怕,我想,大概是种根于那一回他要小解的时候,他娘底游戏的恐吓:这是我可以从此以后他每逢小解都得先向我畏怯地看一眼那事实上意味出来的。"留心你底小麻雀不要给蓐生人剪了去!"可是渐渐,在我分给了他几次干枣和柿饼这一类的食品,而他又每次伸出羞怯的手接了去之后,他是和我熟稔了。他不但不再惧惮我会剪他底小麻雀,而反对我表示着特殊的信任和亲昵。他甚至把隐秘在小心肝里的最大的骄傲都向我说了出来:

"八九年之后,我就有自己底船了!"

我呢,微笑着,诚意地期望他将来做一个比他父亲还结实的船户。

长发毕竟和孩子有点不同,永远那么生辣辣地笑着,而且开口闭口不离"少爷"。这种生辣辣的态度直到我快在中学毕业的那一年才稍稍除掉一点。那时,因为年脚边生意清,他便在舅父家帮年忙;纵然要吃两个人底粮食,他却能够替我们做三个人底事情,因此,舅母也不再迟疑地让他留下了。他帮我们糊花灯,又陪我们上柳庄去看庙台戏。也许这种接近使他渐渐地发现我并没有其他的"少爷"那样的要素;于是,两方面都乐意地一片片拆去了那座隔在我们之间的高墙,可是当我

胆敢问他船家底生意可过得去的时候,他却还忘不了那照旧的一套:

"托你少爷底福,这几年还好。"

"什么托福不托福,"我是要这样地纠正他,"你自己底本事!"

上上下下地坐了几十回长发底船,最使我不能忘记的就是那年寒假终了我从区镇回校里去的一次。

几年来就蕴藏着的想尝试一回摇船的滋味那种冲动是抑不制住了,我要求长发底老婆让开,由我来替代她底职务。"你不要把摇船看得太容易呢!"然而她却并没有吝惜给我一个尝试的机会。不幸第一桨就把可以装满一脸盆的水泼到了船上。阿狗狂笑着,向肚里吞下半句也许是"二百五"一类的嘲笑。长发从船舱顶上飘过一丝"算了吧"的眼光来。我可不服气。"第一桨是算不了数的。"果然,在几分钟之后,我是能像一个老资格似地支配我底桨了,并且,凭着几斤蛮力,我总算支持到半里以上的路程,纵然脸已经涨得飞红,而汗珠也一粒粒从额上渗出来,在胜利底狂乐中,我忘记了疲劳地死也不肯歇手。"顾住前面,"可是长发却突然这样喊了,"板牢,快!"我们底船已经到文昌阁。那地方,似乎到这一次我才看清楚,河道是特别地狭,水流是特别地急,船只又要从那个上面站立着一座破庙宇的土墩边绕过去;两个匆促的转折,据说是连熟练的船家都要担几分心的。我呢，怎么会知道！长发底喊声使我乱了手脚。他老婆看我不对劲，急忙地窜过来攫住了我手里的桨。可是来不及，船已经打横撞在土墩上。怎样的颠动！我差些儿给抛到河里去，要不是那女人把我底膀子扶住。经过这样的剧变，不用说，我是只能死心塌地地放弃了这种徒劳的尝试。

事后才知道，只在去年，这地方就翻过两只船。

在一时安定不下来的心惊肉跳中，我早就准备着听长发底这几句当然是极柔和的埋怨；不，或竟可说是教训吧：

"少爷，你不要看不起我们摇船的。做一项行当，要有一项行当底本事呢。你想想，我们姓殷的是在太公手里就摇船了。叫我们去读书，我们是读不来。大家一样。"

他是多么骄傲着他底世袭底职业！

我没有话说，看看自己掌心上起的不愿意让第二个人知道的水泡，心里不得不默认了这番教训底真理。

长发扯开了话头，对我噜噜哧哧地讲起来。

这个安分的乡下人似乎除了省吃俭用地替他底阿狗积蓄起够打一只新船的钱来之外再没有旁的欲望。也许到老来会打算一副棺材本，可是现在不。"只要有一只船，"他说，"你就不愁没得吃的，年荒水旱都和你不相干。"

这话使我沉思。

像一幅苍茫的夜景似的未来是早就把人间的烦虑底种子撒在我底早熟的心里了。说不定在几年之后,经过了对于我是像年岁底增加一样地当然的流离和颠沛,我会想起这个在我们底世界上除了船之外什么东西也没有,而同时也除了船之外什么挂碍也没有的人底今天这番话来;那时候,啊,那时候……

而目前,我底力量是只能私祝着长发会永远保留住这种宝贵的淡泊和恬静。

真的,我就在那一年离开学校;这就是说,从那时起,我是不得不从缓冲地带被派遣出来,开始对生活作惨痛的肉搏了。向舅父和舅母叩过头,谢过他们养育之恩,我便跟着一肩行李准备化四五十块钱的盘川到辽远的异乡去就二十块钱一月的职业。在这样的情形下,我想不起以后会有再看见一次区镇的可能。我底"故乡"!

"树高千丈,叶落归根,你总有一天会回来。"

在最后一次进城去的路上,长发是曾经用了这样的话来安慰我底伤感的。

四五年困苦的挣扎暗淡,我颊上的光彩,又催醒了我青年时代的幻梦,然而它是不能把我对于区镇的记忆磨光的。在满是灰土的异乡底鲜明的对比下,我是整个地被一种对于清的空气和绿的水的饥渴所占据。我与其永远这样像蚯蚓似地生活着,却还不如替我底表兄弟们看一生一世田,要是他们真有一天搬到省城里去住的话。

但是我终于在沉闷的年岁中捱出了那个向我底未来开展着桃色的一角,而同时又可以把我带回到区镇去的机会。树高千丈,叶落归根:我欣幸自己纵然够不上说已经长到一千丈那么高,却至少也还没有到落叶子的时候。然而我是回来了。将在省城里的一个中学教书,从那儿到区镇用不到四五十块钱的盘川,而我底薪水也总算增加到五十以上。

照旧地写好了"邵德馨老爷安启"的大封信,可是这一次并不交航船,却改为送邮局。我是特别谨慎地直等到舅父那儿来了回信之后才从省城里出发。带着去会久别的恋人似的心情,我重又一步一步地走向高桥头的船埠去。真的,我同时还不免有点恐惧:也许几年来的风尘会使区镇上的人不再认识我,也许长发那第一个要碰到的熟人就会发出"你可是某人?"的疑问来。正为看这原因,我是特地穿上了往常所穿惯的大布长衫的。

我不愿意那关于从县城到区镇的一段路程的一切稍稍有点异样,我要什么都照了旧时的公式做。为什么?——我不知道。

可是还没有到船埠,就有一种异样的感觉在我心里波动起来。我几乎找不着那个拐了弯就到河边的闹市口，因为那一群向我身边拥过来兜生意的船户是不见了。我只能不很纯熟地使用着那地方底土话向一家店铺问着讯。这样才算找到了船埠；而在那边，往常是至少有二三十只各种各式的船停泊着的，现在却只剩了三五只，并且又全是那么小！万万意想不到的变动竟使我怀疑在这个世界上可还有区镇底存在。不，舅父底来信明明对我说在指定的日期可以在高桥头找到长发。然而长发在哪儿呢？我喊着。

"少爷，你怎么不认识我们了？"

一个长着怪蓬乱的头发的女人底头从一只就在我脚边的船底蓬舱里钻出来；那面貌是经过好一会的认辨之后才符合了我底关于长发底老婆的记忆。而长发本人，他是像一枝篙子似地直立在后舱。

倒是我不认识他们，我有点好笑地沉思着；对年岁的抗争真是狂人底妄想吧。我底想造成一种没有这回事似的感觉的尝试，到现在便充分地证明是整个的失败了。

"今天高桥头为什么船这样少？"不可免地要这样问起。

他们两个都不回答——似乎没有听到。

我感到意外的冷落。细看着长发：没有错，正是这个人。可是脸上所永不遗漏的笑容，现在却被许多的皱纹所替代了。没有说什么话，只是专心地摇他底船，眼光似乎钉住了辽远的天界。没意思，我想拿出一本书来看，不幸可以让我在旅途中消闲的书是一本也不在手头。要是区镇上的人都拿这样的态度来接待我，天哪！我是不能再把它当作故乡那样地看待的。旧时的记忆在我心里浮现：那时候，长发会从后舱转过头来唠唠叨叨地向我说着许多话；还有，还有那伸出龌龊的手来要柿饼和干枣的阿狗——

"不错，"我记起了，"阿狗呢，阿狗怎么不见？"

说不定是摇他自己底船去了吧——那个曾经骄傲着在八九年之后可以成为独立的船家的阿狗。可是不会，算来年纪还够不上。

这一次长发是听到了；转过头来，向我露着一丝"不必说起"似的苦笑。我惊奇。莫非死了吗？我想，可是不敢说。

"我们把阿狗送到城里去学泥水了，"那女的替代了长发回答。

学泥水！这是比死还要意外的。"从我们太公手里就摇船"，我没有忘记这句话。而现在，这个世袭的职业底嗣子是改了行。

长发当然知道我在诧异。为要说明阿狗之所以改行的原因，"少爷，你看，"他伸出左手去对那河岸划了一条长线。

船已经过了高桥。我张开鼻孔；对于乡村，我是曾有一种特殊的嗅觉的。而现在，乡村正开展在我眼前。可是为什么有心的努力总造不成在无意中倒会获得的效果？乡村底气息似乎没有像记忆中那么浓烈，而且，这是更不幸的，也没有那么纯粹。我找寻，用——现在是只能这样说吧，用滞钝了的嗅觉。

轧士林！

随即便听到一阵比牛鸣还蠢的声音。跟了长发底手指望过去，是汽车；而同时我也看到那一条隐匿在沿河的树木背后的路径。"少爷，你还不知道吗？"他问。不错，在一年之前，我曾经在报纸上发现过关于我们省里的长途汽车的消息。可是在那时所没有注意的是，它对于我们底区镇所能造成的影响；而更想不到我们底阿狗会正因这原因而失去他底世袭的职业。"它就沿了我们底河走。什么地方都走到：蜈蚣埠，柳庄，汪家牌楼。从城里到区镇要不了半个时辰。一天有两三班。又便宜。你想，还有哪个来坐我们底船？"我想了，想起当年那个年荒水旱都不怕的长发。而现在，现在的这个长发是这样说了："我已经喝了三个月西北风；不瞒你说，你少爷来还是这个月里第一注生意。你也是不知道有了那断命的汽车；不然的话，你也会不来。"

不，我将永远憎厌长发所憎厌的一切，我将永远像长发固执着他底职业似地固执着我底对于乡村的偏爱。只要世界上还有区镇，只要上区镇还有这条水路，只要在这条水路上还有航行的船只,那我便到老都不愿意去坐那汽车。

真的,在三天之后,我还是坐长发底船上县城去。

这一次在区镇耽搁的日子固然少,可是我所听到的却很多。把全镇底饮水都是脏了的,从新办的造纸厂里排泄出来的污水;把全镇的佃户都弄得心猿意马了的,一天到晚在宣传主义的小学教师;等等。我不知道在短期间内世界要变到怎样。总之,它是在变;而现在是甚至连这个也算在世界上多少占着些空间的小小的区镇都不能例外。对于这种变,我固然愿意从理智上根据某种进化原则来赞同,但是我身上的中古世的血却使我有点自私地希望着区镇不要被这样的微菌所传染。替世界保存起一个纯粹的乡村底样品来吧。不用多,只要一只角,只要在地图上找不到位置的一只角。而现在,那条拿我们底省份剖分做两片的长途汽车路却把这一只角做成中心了。

这是开始。然而也许这过程是不会在二三十年之内就完成得了的——不错,我没有忘记拿这样的话来安慰着自己。

"长发,长发,长发底船呢?"

当年夏天,我带着几分傻气地独自个在旧时的高桥头对着几只残存的粪船提高喉咙喊。

"长发底船呢?"

对岸的树丛里传过嘲讽似的应声来；而这便是一切的回答。

没办法，我只能让那到老也不愿意坐的汽车颠颠耸耸地在后面拖着黄沙底尾巴把我带上区镇去。

在汽车上，从两个脚边放着卖空了的大菜篮的农民底嘴里，我才听到这条路上最近发生的新闻。劫车，我不可免地问起。风波纵然已经平息，可是那种残余的惊惶却似乎还在每一个乘客底脸上逗留。那两个农民模仿着说大书的人底手势，你一句我一句地向我细说起来。

事情是这样的（一个讲）：车开到三廊庙，离区镇不过五六里，给他们堵住了。总有一二十人。是太湖帮；不（耐不住沉默的其他一个纠正着），大半是本地人。不管他是本地人，是太湖帮，总之，有一二十。有的拿枪，有的只拿棍子。开车的给打得半死半活，车上的机器也打坏；还好，客人算是没有伤。上面派来了三十几个保安队。现在正捉人，已经捉了三个。也许不止。全是摇船的。……

我呢，起先也只用零零碎碎的注意来听着这一番零零碎碎的报告。真的，这也算不了什么新奇的事，对于这个每天都有新奇的事发生的世界。可是当我听到那最后一句话的时候，我是相当地感到心底紧张了。"全是摇船的！"这对我有什么关系？当然，我是在想起长发。

"他不会，他不会——"我茫然地对自己说。

想不到这一件我觉得毫不新奇的事，竟会像恶梦似地扮着鬼脸去恐吓区镇，而且在我舅父家里就引起了这样大的不安。地窖里的现洋是在夜深时不让人知道地取了出来，打算托人带到城里去存放在银行里。附近是早有了请财神的先例；区镇不要紧，起先是这样想的；而现在，劫车的事情分明地告诉他们说，匪徒们已经在区镇四周出没了。趁这机会，表兄弟们又把搬省城里去住的话提出。舅父抹着胡须，感叹着过去的那个开了门可以睡觉的时代底失掉；而现在，"现在是连王法都没有了"，他说。

惭愧，我几乎也分着那个曾经看过两个世纪的人底偏见，纵然是用另一种方式。在这一次的居留中，我好像已经不能再嗅到旧时的区镇底空气了；而其实，环绕在区镇四周的变动是那么小，小到几乎看不出来。要是没有某种恐怖底无名的预感，也许连我也不会在这空气中觉察到异种的细胞底存在的。

恐怖？正是的。只在两天之后，我底这预感竟充分地证实了不只是无所依凭的幻觉。

我那最小的表弟把我从后院里芦帘背面的一张竹榻上拖了起来。"你看看去，"他说。我莫名其妙地跟他走到了后厅。舅父底永远被一口痰所阻住的语声是听到了，那么严厉，可是说什么话却几乎听不出。在他底语声里面，还夹着女人底凄厉的申诉。哭声！我突然觉得心在胸膛里浮了起来。

是长发底老婆！

正打算出去听听毕竟是怎么回事，可是表弟却一手把我拉住——

"爹关照谁也不许出去，"他命令似地说，"她不是好人。"

但是几句声音特别高的话却可以捉到。

一方面说："你叩头也没有用，这种事情我管不了。"

而另一方面："他是冤枉的，他是冤枉的。"

无需等到舅父拖着旱烟管走进来，满脸怒容地数说这事情底经过的时候，我就已经整个地明白了。我痛苦，尤其是因为听到那女人底号咷的哭声。

长发怎么会做这种事情？长发怎么会做这种事情？

这可怕的思想几天地盘桓着。一直到我挤在汗臭的人群里亲眼看见那张"直认不讳……验明正身……"的布告上明明白白地有殷长发这名字的时候，那凄厉的声音还会突然地升到我底耳边来——

"他是冤枉的！"

照理，问题是决没有这样简单。这种事情是人做的，长发也是个人：那么我就不能根据任何偏见来断定长发决不会做这样的事情。可是我不愿意如此想。即使退一步，就算他并不冤枉，那么这样的处分是否太过分，在我似乎也还成点问题吧。

可是这一点总是事实：区镇底土地上染过无邪的血，区镇上从此可以闻到血底腥气。也许这腥气会渐次地弥漫。因此，对于这自己曾经那样地迷恋过的乡村，在那种新近感到的轻微的失望外，现在是加上了，我要这样说，加上了憎厌。我梦想中的区镇是不应当有血腥的！

半个月之内，长发底悲剧做了柳荫下的谈话、议论、讥讽底唯一的对象。有人说他干这一手已经不是第一次，而另一个人又嫌他胆子太小，没有到刑场就吓得面无人色。

我憎厌；而想不到，区镇上竟会充满了这种可憎厌的人。

那一天，心里在打算着要早一点离开这比异乡还冷酷的地方，我慢慢地闲步到市梢头去。最后一次温习了这徒然盖着一层无邪的绿色的乡村，它底蒸热的田野，它底冷落的河道。我觉得沉闷。这一次不回来倒好：被破坏了的记忆再也没有法子补偿的。碰来碰去的世界都不外乎是这么回事。梦想着区镇会例外真是多么傻气！然而我还要傻气地找一个地方来寄托我底憧憬。当然不再是区镇。可是要像它一样美丽，而没有它底血腥和长途汽车。

听说我那个没有留着任何记忆和家庭的生长地，也正是像旧时的区镇那样可爱的去处。

自从那一次离开区镇之后,我就没有再去过一次,直到现在。而今天,我是出乎意外地接到一封从省城里寄出的舅父底来信了。

原刊《现代》1932 年第 1 卷第 2 期

"懒"的人生观

王 化

有人骂我懒。我不明白到底儿"懒"是个甚么东西？我就知道每逢我"不爱干甚么"的时候儿，人家都说我又躲懒哪。难道说"不爱干"就是"懒"吗？好在我也懒得管他究竟是不是一模儿活脱，因为我既"不爱干"那向人抬杠拌嘴的勾当，又懒得自己掰开了揉碎了的瞎琢磨，所以"懒"也好，"不爱干"也好，反正我也懒得去否认它去了。

我本来是想甚么说甚么，好甚么干甚么的一个懒人。因为有时候说甚么，得罪人；干甚么，冲撞人；别人看不过，于是劝我多想想再说，多看看再做。可是我既是个"懒"人，自然懒得多想想，多看看；倒不如不想甚么，不好甚么；自然不说甚么，不做甚么；也就不再得罪人，冲撞人了；并且又对了我这懒人的劲儿了。因为我既懒得听人家的好话，自然也懒得顾到人家的批评了。

又有人说我太"认性"了（本来应该写"任性"，我所以要写"认性"，自然也有懒得写那个任字的懒道理。）不错！我真认得我的个性，我不能任凭别人"认性"来左右我的个性。诸位！因为我懒，所以我懒得别人在我耳根子底下费唇舌，嚼吐沫。并且也真没用；我既懒得一句一句的听，自然也懒得一句一句的记，那么，人家的菩萨心肠，岂不成了我这懒夫的厌物了吗？人家慧眼一睁，自然全明白了，所以日子长了，人家也被我给传染上懒得说懒得道的懒毛病了；我呢，自然也懒得问他们怎么懒得改变我，反倒被我给变成懒得开口的懒菩萨了。

我懒得再往下写了，可是还没有说到"懒"的人生观哪，所以得把话头儿拉回来了：人类的苦痛是甚么？就是不能懒！要真能像冬天懒得凋的苍松古柏那样的懒：春风来了，懒得迎；朔风袭来，懒得逃。你下你的雨，我也懒得开朵妖艳的花儿给你看；他降他的雪，我也懒得结个蜜甜的果儿把他尝。什么叫雪？落在身上更清爽！哪个叫雹？铺在脚跟更幽洁！懒得动一动的苍松古柏呀！你才是人生的典型哩！

原刊《华语月刊》1934 年第 39 期

我的病

缪崇群

因为我的病,我拜访过的医生要比我所认识的朋友多出好几倍来。日子久了,病生得如同一个将毕业的顽皮的学生,医生对于他早就淡然而置之了。他们不像从前那样再做虚伪的贱笑,也不再猫哭鼠般地假装一付晦气的同情的脸色了。病的程度,在他们心里横竖是清楚的。

在不久以前,我的病又发作了一回,我第一次去拜访一个新的医生——并不需要名刺,只要拿出袋里的钱,换一个竹牌子或纸片一类的东西,医生便愿意接见你了;或者说,医生愿意见你的是在你手里刚才用钱而变来的那竹牌子或纸片一类的东西。

然而,拜访一个医生不是那么容易的事情,先要坐在候诊室里静静地等候着。于是我便在候诊室里了。我的眼睛四处张望,我望见了壁上挂的一块一块的扁额:一块是四个顶大的金字,"青囊济世";一块似乎是"华陀再生";另一块是……还有一块的下款落着我所熟悉的一个同里人的名字——两年前因咯血症而去世的一个肺病患者。

我心里有些烦燥而作恶。死人的扁额哩,想着。

我被接见了,医生和蔼可亲,并且笑,——一个胖胖面庞人的笑,那笑的模样是值得打双圈的。

"莫着急,阴天再来。"

跟着一个笑。

明天——

"莫着急,明天再来。"

跟着又是一个笑。

……

过了几多个的明天,我终于不敢再次拜访他了。我怕的是那个笑;我怕的是他不清楚我的"程度"而一味用这样笑的药是不妥的。

接着,第二次我被人郑重地介绍到一个官立医院去。

一样地要在候诊室里等待,这里没有扁额了,反觉得有些寥寂。

我被接见了,医官威风凛凛,并且撇着嘴,是一个瘦得像猢狲的人。

"看什么?"

"T.B."我为免得麻烦竟而回答出病的名字。

是听,打……那么一回事。

"回去养。"医官没有另外的盼咐。

我恍如一个犯人听见法官说"带下去"一样似的战栗。

——重病之人如重犯!隔了一会儿我才在心里这样暗叹起来。

然而,废了九牛二虎之力,我倒在这个官立医院里住下来了。

在三等病室里住的,大约都是一些和我差不多 from hand to mouth 的病人们罢?他们呻吟的不只是病的痛苦,他们呻吟的还为了生之无路!他们或者借着病的呻吟去呻吟他们的艰辛的人生;我呢,却是在他们的呻吟声中暗暗流着自己那遏止不住的泪水。

唉,病痛的人们是没有阶级的,但永远也不会联合起来;受过生之创伤的人们,又那里去寻疗治呢?

像一群犯人似的,我和那些同命运的人们厮混了两个星期,结果仍然是被迫出院了。我没有忘记的是:那些清晨、晚间、夜里的悲惨的景象与哀绝的声音……

归来以后,更是意想不到的荒凉,走进自己的屋子,一眼便望见床头挂的那幅自己摹临下来的炭墨画了。

还是在没有病倒之前,我把 William Siegel 作的一张《女工用点心的时候》图画放大了。这画里是一个女工坐在地下室的一个阴霾的角落，手里的面包只咬了一口，她尽自仰头望着那不易见到的一块阳光……

我想到为生活，为病痛——不幸的我的痼疾——而在外边以微弱之力挣扎的，我想到歌德的话来了：

"谁不曾忍泣吞食他的面包？"

好在这句话我早已为这幅画而题签了。

走到院里，草深没径，四围已都是绿之帷幕。

——我的病是伟大的，我不知道冬是怎样去的，只见春之角色都已登场了。

——我的病是"划时代"的，我的病所以伟大！

我聊以解嘲地这样想，自己频频地苦笑了。

一九三二年五月四日午夜

原刊《文艺月刊》1932年第3卷第2期

紫罗兰痷困病记

周瘦鹃

这一天是中秋的前一天罢,桂花树上,吐满了粒粒金粟,一阵阵的甜香,拂遍大地。知道是中秋到了,西邻第一师范宿舍中,铿铿的打着起身钟,送到我的枕上,把我从睡梦中催醒。拂开了白珠罗纱圆帐,向床前那只紫色小钟瞧时,见已七点钟了。猛想起今天妹倩曾约着九点半钟同去访步林屋先生,而手头还须翻译两足页的《侠盗查禄》小说,又记得今天是老友黄秀峰续弦的吉日,午后在慕尔堂行婚礼,我须得办了礼物,前去道贺。此外还得上大东书局乐园报社申报馆去。这真是我最忙的一天。这一天刻版式的功课,分明已摊在我面前了。我于是急急地起身,胡乱梳洗过了,即忙赶到后房那间小小的书室中,扑的在书桌前坐下,翻开了《侠盗查禄》的原本,紧接着昨天停笔处译下去。译到查禄手提长剑锄强扶弱之处,也觉得豪气撑胸,不能自已。一会儿楼下客堂中的时钟已报了八下,而我手头的工作,还没有译满一页。我心中一慌,笔下便加快了些。这时老妈子端上一碗牛乳来,给我用早餐了,我一面喝了牛乳,一面抓饼干吃,一面仍是笔不停挥,心中跃跃的,又兀自着急,好容易忙到九点钟,两页稿纸居然写满,即忙抛下了笔,驱车出门。

咦,又来了,胸膈间隐隐作痛。到了大报馆中,见步先生还没有来,妹倩也没有来,我的痛却似乎厉害了些,忙把手揉摩着胸膈。心中很想喝一些白兰地,因为先前曾有一次小痛,借着白兰地治愈的。末后步先生和妹倩都来了,大家谈了一会话,我虽是熬着痛,却并不对他们说明,只向步先生要白兰地喝。步先生开了一瓶三十年的陈白兰地,给我斟了一杯,我喝了一半,兴辞而出,便忙着上大东书局去。一路上还是不住的痛,但我不肯轻易旷职,仍是毅然前去。到了局中,在书案前坐将下来,那胸膈间的痛竟大发作起来,可是我在两个半月以前,也曾发作过一次,这是第二次了。

我熬不住了,伏在案上,哼哼唧唧,满头脸都是汗。只慌了那吕子泉君和沈骏声君,忙着给我弄痧药水,泡香片茶。忙乱了一阵,我的痛还是有加无已,身上早痛出一身大汗,湿透了半件裕衣。一会儿我们这一间小小的办公室中,已搭起一张临时床铺来,把沈骏声君家的枕头啊、绒毯啊、大红绉纱的被头啊,全都搬来了。叵耐我痛极了,竟躺也躺不下去,斜签着身体，勉强靠了一会。想起今晚黄秀峰君喜宴的席上，俊男美女，酒洌花香，正不知如何热闹，不道我偏偏在今天病倒，不能前去喝一杯喜酒，这是何等的可恼啊。接着我又想到《乐园报》和《申报》的职务，明天是中秋日，"自由谈"须出中秋特刊，本想新翻花样，如今却不得不打消了，任是将就过去，也得要寻一个庖代的人。事有凑巧，老友吴明霞君恰来瞧我，便把这两处职务委托了他。又将致贺黄君的事，委托了沈骏声君。转侧呻吟中，我的心倒略略安了。

捱到了午刻，我苦痛已极，再也熬不住了。便专人去邀请医博士李中庸君，我上一次发病，也是李君医可的。承李君厚爱，从此和我做了朋友，不上半点钟，李君已匆匆赶到。我苦笑着对他说：老毛病又发作了。李君给我注射了一下吗啡针，痛才略减了些，当下又打过了强心针。李君便说你的寓所太远，不如到医院中去，我可以常来瞧你。于是打了个电话到白克路急救时疫医院中，要病人车来接。不多一会，我便破题儿第一次坐在病人车中，也破题儿第一次的进医院去了。李君给我独住了一个特别房间，又给我诊脉，给我服药。一会儿老友庞景周医士也来了，含笑着说，这回子可苦了你，当下也给我诊脉，给我服药，接着又有一位胡医士和主持院务的周邦俊医士，都来瞧我，院中的看护生，更番的来诊脉试热度。我当头粉壁间挂着的那张病状表不住的拿上拿下，一会儿已写上了十多行西字，药也服了好多次了。我仰卧在那张白漆的小铁床上，悄悄地想：想我倒似乎变做了一个伟大人物，只偶然害了些儿病，竟劳动了好几位大医士，给我尽力。我心中又欢喜，又感激。

我的车夫拉着空车子回家去，已把我发病进医院去的话，报告了我的母和我的妻了。我生怕伊们吃惊，趁沈骏声君来探望我时，便托他到我家里去走遭，好好安慰伊们。沈君答应着去了。傍晚李中庸君又来诊脉，劝我留住院中，一壁便把汽车去接了我妻凤君来。凤君白着脸，入到我的病室中，忙问你怎样了，你怎样了？伊身上穿着一件蓝地红格的毛巾呢衫子，兀自微微打颤。我忍着痛，微笑着回说："这没有甚么大不了事，不过是老毛病发作罢了，你不要吓。"凤君眼眶中微含泪痕，坐在床边，握住了我的手，默然不语。

病室中电灯通明，照着我们俩破题儿第一次的在医院中过夜了。我的病仍是肠胃病，看护生三次给我灌肠，没甚效果，痛却似乎减退了。凤君怯生生地坐到夜深，伴着我不睡，我只是似睡非睡，恍恍惚惚，有时清醒了些，张开眼来瞧时，却见伊仍还坐在床边，背着灯影，眼睁睁地瞧着我。一见我醒了，忙着问："要开水么？"我点点头。伊扶着我，把一个白瓷杯凑在我嘴上，我喝了一口，又恍恍惚惚地睡了。夜中时睡时醒，常听得隔室中病人呻吟声，和走廊中院役往来脚步之声，仿佛彼此唱和的一般。最后一次清醒时，似乎天快明了，见凤君仍还没睡，我便开口说道："快睡一会罢，天快要明了，守着我做甚么？"伊挣扎着说："我不要睡，睡也睡不着的。"我坐了起来，定要伊去睡，伊才勉强在旁边的一张小铁床上躺了下去，不上十分钟，却已呼呼入睡，起了鼾声，可怜伊也辛苦了。

朝日的影儿里，一辆密不通风的轿式马车，载着我和凤君回家去了。原来我因住在医院中很觉不惯，便和李中庸君商量作归计，李君开了三种药给我，并说回去后病势倘有变化，可打电话通知，再来诊治。我道谢登车，经过了南京路，由西藏路一路南行，向西门而去。我沿路从车窗中外望，觉得阳光分外的明亮，现着火黄之色，四下里车马奔腾，行人如织，又常见人家手中捧着花花绿绿的香斗，知道今天是中秋日了。猛记起前三天曾和母亲凤君说起，中秋夜预备办些酒菜，合家团聚赏月，那知我蓦地害起病来，此事只得作罢了。如此良宵，轻轻辜负，岂不可惜，想着，暗自慨叹。

一夜没回来，一见家门，顿觉得安慰了许多。西方歌曲中，有《家，甜蜜的家》一曲，自足以使人油然而生爱家之念。我既到了我的家，甜蜜的家中，母亲和同居的岳母，先迎着问道："你觉得怎样？已好些了么？"儿女们争唤着爸爸，他们虽不解事，见我一夜不归，也似乎很诧异了。我在床上躺了半天，把五六个枕头垫得高高的，才觉得舒服了些。但我是个喜动不喜静的人，很受不住床的束缚，便时时挣扎着起来，到东窗下的沙发上去靠着，把一个鸭绒的软垫垫在背后，把绒毯子盖了下半身，便又陷入半醒半睡的状态中，消受那种似梦非梦的况味。午后那爱看新文化书籍的程悲秋君来了，把一部《语丝》汇刊给我瞧，我在这《语丝》中，便见了老友刘半农君的两封信，遥想他徜徉西茵河畔，享受着巴黎的温风柔雨、媚水明山，正不知如何快意，怕未必再念家山。忆故人罢。程悲秋君诚厚而勤敏，是我《乐园报》方面很得力的助手，当下我把《乐园报》和《申报》"自由谈"的职务，都托了他。

明月起来了，满天没一颗星，没一丝云，只让那一轮满月，洋洋得意的在碧空中浮动。我家的方庭，四面受月，那三大盆的棕榈和一座小小假山，都沐在月明之中。我就着玻璃窗中望下去，只见月明如水，泻遍了一地，棕榈的叶子，筛影地上，似是绣着的一般。我一面痴望明月，忽地想起杜甫"香雾云鬟湿，清辉玉臂寒"的妙句来，想到往年先外祖母讲给我听的月的故事，嫦娥啊、玉兔啊、桂树啊，似乎一一都瞧见了。接着又想到梅兰芳所演的《嫦娥奔月》，那种殢人娇态，宛然在目，又想到他莺声沥沥，最后唱"嫦娥应悔偷灵药，碧海青天夜夜心"的句儿，那尾声袅袅，似乎还绕在我的心坎上咧。痴想了一会，似又听得隔院笙歌，悠悠扬扬地从月中吹送下来，仔细一听，才知是西邻第一师范中的风琴，琴声泠泠，正弹着秋之夜的歌调。我听了一会，倒也觉得回肠荡气，躺到沙发上，打算寻梦去，猛可的听得楼下小儿女拍手哗笑之声，原来我母亲和凤君正在客堂中点香斗斋月呢。

饼圆如月，藕大似船，都没有我的分儿，好一个中秋良夜，却闷闷默默地度过了。第二天，我胃部似乎进住了气，不能起坐，连呼吸也不很便利。凤君给我备了个热水袋放在胸口，母亲又炒热了盐给我匀着，然而都没有用。母亲便主张请中医来诊治，说这是气分不调，吃两剂药就好了。午后因又请了医友张益甫君来，他是张龙朋先生的侄孙，我铮儿三个月的大病，一大半是由他治愈的，我服过了张君的药，先排泄了几次，热度渐退，过了一夜，气分微觉调和了。但这三天以来，没有吃过一粒米，只仗着开水度日，白天仍按时服着西药，晚上临睡时再服中药，中西药双方夹攻，便把那病魔渐渐赶走了。

前后一共七天，兀自周旋在药炉茶灶之间，过着很痛苦的光阴，也过着很空闲的光阴。我要是不病，可没有这般空闲啊。记得两个半月以前的一病，也正和这回相像，我这十年不病之身，平日间往往自负体健，不道今年却大病两次，在那宛转呻吟的当儿，才觉得不病时的幸福。而在不病的当儿，偏又时多气恼，往往从没有气恼中寻出气恼来，一病之后，才自笑先前的气恼，真无谓了。

紫罗兰庵中瓶花无恙，我也和病魔告别了。《晶报》中的曼妙先生，作文记我的病，殷殷以节劳相劝，甚是可感。而老友如李常觉、陈小蝶、张珍侯、王汝嘉、荆剑民等都来探问，更忙煞了沈骏声君，几乎天天驾临一次。朋友骨肉之爱，便是我病中所得的报酬，这是何等的值得啊！

原刊《半月》1925年第4卷第23期

病

田汉

我不大生病。但有时生起病来常常是很利害的。十一月十二日因张威兄之约到中正学校去参加开学典礼。那天上午一连三四个钟头的警报时间,解除后我冒着强烈的秋阳走到凤子那儿,我说:

"要到观音山去而身体不舒服。"

"既然不舒服就不必去了吧。"她说。

"不去又似乎对不起朋友。"

结果她借了舒强的一顶草帽给我。走到观音山,典礼刚刚开始。任潮先生正对学生们谈着立志修身的道理。我原也想阐发他的意思就"相斫"与"相助"的两种文学说明在反法西(斯)斗争中后者的任务。但因心绪不佳,没有说。到杨赓陶兄家里坐了一阵子,喝了几口三花酒,仍是难过。而游艺节目已开始了。我却没有心思看戏,独自溜到二十六号找着木天、彭慧的家。那是在豆棚瓜架的下面的一所颇为幽静的房子。比起我们那儿好得多，但作为一个诗人的住宅仍是太简陋一点。后来杨伊找来了，谈了一阵子，在回去的时候他感慨地说："中国待诗人太薄了。"前几天青年文艺社请客的时候我和彭慧姊说了好几句话可没有认出是她。她笑我记性太坏。木天和我谈起坪石中大的那次的风波，说学校里虽然对他还算好，并未解聘，他却不愿回去了。木天要我在他们那儿晚餐。我见天色不早，婉谢了。同杨伊君匆匆就归途。我感着异常的疲乏，挣扎着走，走过桃园酒家，杨伊劝我进去吃一碗面，休息休息。但刚一进去我就在桌上晕倒了。

杨伊君给我叫了一部车子把我拉到东灵街附近。我还能勉强走到家。仿佛后来老母请熊老板娘子替我扯过痧，我感觉很痛。据说我昏迷中对海男说了许多激励的话，甚至叫了许多口号。海男那天也病了。我父子睡在一个床，呓语连发，呻吟相答，老母的着急是可想的。她老人家有两晚不曾睡觉。

从那天之后我有整整五天没出门。十天没有写一个字。卧病的那几天，糟踏了好几个可宝贵的机会。首先是关德兴先生的粤剧表演。关先生很大胆地把话剧电影的手法运用到粤剧里去。他采用了平剧等姊妹戏剧的长处。但他的作品我只看过《王宝钏》上本，觉得他的《别窑》很有特点。但据予倩和孟超诸兄说他的《戚继光》和《岳飞》都表演得不错。而我都不曾看到。失去了一个对于旧剧改革方法与成就比较研究的机会。真是万分可惜。

其次我卧病的第二日午后,广西剧场的桂剧改进会为演剧四五队表演桂剧《哑子背疯》等。此议原是我向予倩提起的。因高升桂林相继为欢迎四五队演出后大家的兴趣当然落到桂剧方面,曾托我向予倩一言。承予倩兄慨允,并发出了许多请帖。结果我反而没有到,也不能代为招待。那一天谢玉君方昭媛诸女士都有很得意的表演,我也把欣赏的机会给辜负了。至今无限怅惘。十一月二十一日演剧四五队联合少青团,石嗣芳、周葆灵、林路诸兄开音乐会于桂林剧院。我扶病去听了。青年同志们集体的热情和天才的流露,特别是石周两女士与青年同志精诚无间的合作,使我无限兴奋,觉得桂林毕竟是可爱的地方。回来的时候天色将晚,寒风吹衣。少青团的郑庆光兄怕我冷,脱下他的棉大衣给我披了。第二天午后三时顷我又独自过了大街,在书店里闲翻,遇了茅盾兄夫妇,他们有事晋城,有人在嘉陵川菜馆请吃晚饭,时间尚早,也在书店里消磨时间。我问车子问题解决了没有,他说:

"托朋友去设法去了,据说有办法。"

"其实由长沙转三斗坪搭船也很便当的。"

"我也听得说,这条路也好走的。不过到三斗坪要通过一段离敌人很近的路,我不要紧,太太们就不大敢尝试了。"

"路我也能走的。不过从香港来的这一趟走得有些太辛苦了。再叫我走路好像不大起劲。"沈夫人辩解地说。

因为在桂林的时候不太多了,我们约好找一天比较闲空的时候畅谈一次,就匆匆地别了。他们到嘉陵川菜馆,我就到对门的津津食堂赴张香池公的约会。他和一位李先生请四五队聚餐,我被请为陪客。

席间谈起晚上大众戏院的会,——"音乐舞蹈大会",他们问我去不去,我和香池先生都不愿去。但四队的张客兄非得让我去。说:

"大家去热闹热闹,什么关系!我们来护驾。"

饭后他果然和几位好弄的同志挟着我往大众去。大众门前拥挤得很厉害。四五队经过一阵交涉,被指定成单行上楼去。我被张客同志们推在这单行的前头。

"怎么,你也是的吗?"一位挂红条子的职员单单拦住我。他大约是注意我的白头发,和西装上罩着棉大衣。

"他也是的。"张客同志说。其实棉大衣上是少青团的证章。那一天我完全恢复了在长沙白相火宫殿的"少年心"。

胡蝶女士其实我是认识的。原不必跟在桂林的"乡坝老"后面挤破铁门也使得。我在上海翻车入仁济医院的时候,胡蝶女士第一个同程步高兄来看我。我至今还不曾忘记。但这一次在香港胡女士夫妇的行动却不能不使人失望,由香港归侨的报告我知道许多关于他们夫妇的不利事实。如像她在半岛酒店的对话等等，当时我曾纪录那些话很惋惜地题为"卿本佳人奈何作贼"！却因对于她还存着一点忠厚，我没有发表。那晚我看了她觉得这"迷途的蝶儿"终能回到内地来，至少在她个人是一大幸。

胡蝶女士据说要求用扩音器的。而那个扩音器老出毛病，结果第一个歌《夜来香》只得不假借科学文明的助力唱了。

我实在有点替她惨。当第二个《满江红》以前我起身了。而张客按住了我：

"下面还有四五队的大合唱，我们支持到底。"

我只得坐下来。因而不能不听《满江红》。这确是一件苦事。

胡小姐简直没找到她的调门。音乐家陆华柏先生拼命地追也没追上。那是一个时代错误的滑稽的东西，许多人用绝大的忍耐听完了。楼下的一部听众就起身了。扩音器报告——

"下面还有四五队少青团的大合唱。"

听众走的走，坐的坐下来。这儿呈现一个无形的斗争。单纯"看胡蝶"的，和真正来听音乐的。

当第一支大合唱有力地结束之后，听众是那样热烈地鼓掌欢呼，久久不止。他们只得"再来一个"。大歌手舒模不仅用他的手在指挥，而是用他的全身在指挥。他的头发随着每一激昂的情绪而冲起来，也起着指挥作用。听众的情绪被提得更高了。如雷的掌声也鼓舞了台上的歌唱者。

"再来一个！"

第三个歌唱完时，台上台下，歌者与听者的热情实际溶成了一片。在那样一个不调和的音乐会依旧形成一种调和，因为新的音乐占了主要成份，也起了主导作用。桂林的观众实际也进步了。戴着皎洁的月色随着人潮走向大桥的时候，我带着一种轻快和满足，我的病似乎全好了。

十一月廿七日演剧七队借高升戏院招待了各界。队长吴荻舟君邀我说话。不得已，我上了台。

"这是我很熟习的讲台，我还可以不太发抖！"

但说到要紧的地方，我忽然不记得应该说什么了。我的脑子成了一张白纸。重复了六年前我在长沙某中学演说时的情形。我停止了好几分钟才勉强记起了几句话，总算下了台。才知道我的身体实在没有好。我恐怕是犯了强烈的神经衰弱。

原刊《野草》1943年第5卷第2期

乞丐和病者

陆蠡

仿佛我成了一个乞丐。

我站在市街阴暗的角落,向过往的人们伸手。

我用柔和的声音,温婉的眼光,谦恭的态度,向每一个人要求施舍。

市街的夜是美丽的。各种颜色的光波混和着各种乐曲的音波在美丽的颜色间有我的黑影,在美丽的音乐中间有我求乞的声音。

无论人们与我以冷淡,轻蔑,讥诮,呵斥,我仍然有着柔和的声音,温婉的眼光和谦恭的态度。

在我的眼中人们都是平等的。不论他们是王侯,公主,贫民,歌女,我同样地用手拦住他们,求一份施舍,一枚铜子或纸币。

我在他们的眼中也是平等的。不论他们是黄种,白种,本国人，异国人，我同样地从他们的手中接到一份施舍，一个铜子或纸币。

我是一无所有。我身上只有一袭破衣衫，但这不是为了蔽寒而是为了礼貌；我的破帽则只是为了承受别人的施舍。我是世界上最穷的人，我没有金钱，名誉，爱情，幸福，地位，事业，一切人们认为美好的东西；我也没有自私，骄蹇，吝啬，嫉妒，虚荣，贪欲，一切人们认为丑恶的东西。我如同来这世上的时候，也如同将要离去这世上的时候，我身上没有赍携，心中没有负累。

然而我是美丽的意境的所有者。我有一个幻想，没有一样东西比我幻想中的东西更美丽，更可爱，没有一块地方比我幻想之境更膏腴，更丰饶，没有一个国家比我幻想之国更自由，更平等。我有可以打开幻想的箱子的钥匙，我有可以进入幻想的国境的护照，这钥匙和护照，便是贫穷。

我还是另一种宝贵的财产的所有者。一种人们认为黄金难买的东西。我是"光阴"的富有者。有谁支配他的时间如同我浪费我的光阴？有谁看夜合花在夜里启闭，有谁看见蜗牛在潮湿的墙脚上铺下银色的辇道，有谁知道夜里的溪水在石滩上怎样满涨，有谁知道露粒在草叶尖上怎般凝结？更有谁知道一个笑颜在人的脸上闪过而又消失，或是一茎须发的变白？而我，我知道这些多于别人的。因为我有多余的"光阴"，我有余闲和自然和人间接近。我消耗我的光阴在极琐细的事情上面,我浪费我的光阴如同我在海里洗澡浪费了一海的水,我是光阴的浪费者。

我可还是另一种宝贵的东西的所有者。我拥有大量的祝福。乞丐的祝福是黄金,没有一种祝福比乞丐的祝福更真诚,更纯洁,更坦白,也是更可贵,更难求的。我用虔心的祝福报答人们的施舍。啊!你说我是在求乞?不,我是在施予。我分赠我的祝福给愿意接受它的人。你看我穿了破衣衫在街边鹄立,我是来要求每一个过路的人为我打开祝福之门。

我又仿佛成了病者。

我没有病,只因偶时起了惜己之心,想到应当照料一下自己了,于是仿佛病了。

我没有病,只因偶时起了偷闲之心,想着愿意懒一懒呢,于是真的病了。

我独自睡在静静的房间里,一张干净的床上。房间有着柔和的光线,一切粗犷的噪声都被隔断。没有人来打扰我,他们把我交给我自己。

我于是开始照料我自己。寒暖,饮食,思维,动作……我照料我自己如同父母照料一个婴儿,我体贴我自己如同体贴一个情人。我发现自己是那么被疼爱,被宝贵,这种并不高尚的感情在我的心中生长。这回却毫不矛盾地妥贴地接受了。病是

"自私"的苗床,"自私"在那里生长。

我开始检查我自己。神经,心脏,肝肾,肠胃,皮肤,毛发,我检查自己的过去和现在:忧伤,快乐,悔恨,庆幸,顺遂,蹉跌,奢心,幻灭……我分析我自己如同医士解剖一个死尸,我审鞫我自己如同法官谳问一个犯人。我发现自己的每一个缺点,正如我熟悉别人的缺点。我不能过分谴责自己,正如不能过分谴责别人,这种并不高贵的感情在我的心中生长,这回又毫不惭愧地妥贴地接受了。病是"自私"的苗床,受"宽容"的灌溉。

谁不曾病过呢?病是人生之书的章节,当你偶然读一个长篇小说,为紧张的情节所激动而疲倦了,但你不能不读下去,即时你会渴望逢到一张插画,一个章节,借以休息你的眼睛,松弛你的注意力,以待精神恢复,当你在人生的书本上翻了一页又一页,你逢到许多悲,喜,离,合,你有时为感情压倒了,你无法解开人生之结,你不宁愿有一场疾病么?病使苦痛遗忘,病使生机恢复。病是人生的书本的章节。它是前一章的结束,下一章的开始。

谁不曾病过呢?病是人生的乐曲的休止节。当一个旋律进行着,一回儿是 andante,一回儿是 allegro,一回儿是 crescendo,一回儿是 decrescendo,你的心弦为之震荡,为之共鸣,为之颤动,为之兴感,你有时觉得有点疲累,你愿意有一个休止节。这无音的音符。病是人生的乐曲的休止节。它从前一节转到下一节,从 fine 回到 da capo。

然而,正如老是生的暮年,病是死的幼年。生的长成,趋于衰老,病的长成,趋向死亡,那,将不胜悲哀了。

原刊《宇宙风》1940 年第 100 期

伤兵的梦

欧阳予倩

　　经过冰天雪地的严塞，又是春风送暖。好像客座里的电灯熄一熄，舞台上的绣幕早已展开，创作的歌舞，引得人们的心意，和那无边草木一样蓬蓬勃勃地发出新芽。从前的掀天巨浪已经把污浊荡涤干净了，疏浚过的河流，起着鱼鳞细纹，前后相继的日夜不息。哪里有丝毫陈腐？这种风光旖旎，在革命以前，谁梦想得到？农夫的锄底下，无非是优良的新种子，工友们愉快地运用他们的新技术，许多专门家的新发明新计划，都全靠他们来实现。他们的手指只一动，便显出人类的伟力。有一个星期日的上午，公园里游人如蚁的时候，一群群的小孩子在水边草地上角力，影子照在水里，好像未来派的画片，来往的人，或行或止，很圆润的笑语，处处表示那工作后的清闲无穷宝贵。

　　有一个打扫工人坐在一张长凳上，他的朋友正和他说着闲话。他看着日丽风和,男男女女欢欣鼓舞,他便好似沉醉一般,尽管他的朋友和他说得高兴,他丝毫没有听见,呆瞪瞪的一言不发,忽然有队兵士走过他的面前,远远望着总理的铜像肃然致敬。他们准备参加世界人类解放的大战争,并没有拿一国的安全当满足。他们那服装的整齐、精神的活泼、身体的强健敏捷、态度的庄严勇敢,真不愧为青天白日旗帜下的战士。那打扫工人见着这种军人,越发的定睛不瞬,好像是感慨无穷。他的朋友看着奇怪,逼着问他。他便叹了一口气说道:"我也是当过兵的人,可是想起来真冤枉!"说着解开衣服让他朋友一看,原来有好几处瘢痕。他接着又说:"我从军十年只挣下这几块疤瘌!拢总每月几块钱,一欠就是半年多。我们拼命为甚么?有甚么?早知道革命军这样整齐,这样纯洁;革命事业又这样的伟大,我们又何至于走错路白过了前半世?为甚么这伤痕不替主义留纪念?从前流的血真比小便都不如,最伤心就是我负伤的那一回,我好像是作恶梦一般,今日我才醒了,才觉得我还是中华民国的一个人。可是梦醒时的后悔,比梦中的受罪还要难堪。"他的朋友听他说到这里,便急急催他述他那受伤的经过。他想说又很忸怩,他不愿意说出他的真姓名,他抚摸着他那耻辱的伤痕,更不愿意说出他跟随过甚么军阀,他有如痴人说梦一般,没头没脑地讲了一大篇。听他述他的经历,越觉得革命军责任的重大,世界上像他那种苦人,还少

吗?他说:

"我们的火车到了站头,一路上除了些逃难的百姓,没有看见甚么。听说是离前敌不远了,要在此等候命令前进。看看天色已晚,哗哗刺刺起了一阵北风,把太阳吹到山后去了;我们坐的是牛马车,运兵还不是和运货物一样!况是兵多车少,稍微有些空隙总要把他挤满。好容易到了车站,大家预备停宿,便一齐下车。可是手脚都麻木了。若是在家里,我早已戴起破毡帽,像一只鹭鸶似的,在火炉旁边缩着脖子打瞌睡去了。可是怕失了军人的体面,也勉强挺直着腰一二三四地报着号数。

长官命我们休息,可是五脏怪我们太疏略,硬不答应,冻得硼硬的馒头,取出来一口一口咬着,也就想不到世界上再有好吃的东西了。

我们军中,有一件比别一军强些的事,就是两个人有一件外套替换着御寒,到底比没有好。睡觉的时候,还可以一个人分盖一半。可是那多情的北风,到了晚上格外来得亲密。她一视同仁揭开我们的风衣,从毛孔里钻透了骨髓。不知不觉,我们一排一排越挤越拢,一对一对越靠越紧;万众一心的行动,到这时候都显出来了。早知道没有民房可借,何不在牛马铁篷车里,挤着站一宿?

疲倦到了头,咬紧牙龈,还是昏沉的睡去。忽然好似身子落在水塘里,四面的水霎时冰冻起来;急得我魂灵出窍,看见岸上有许多男男女女,一个个都穿着皮衣服,笑语喧哗的走了过去,没有那一个,来拉我一把。我正在恨他们无心肝,又听见有人嚷说:"可了不得了!"睁眼一看原来身上盖的外套不见了。眼面前却放着一个好像死人,连长拉了好几件风衣盖在他的身上。听说才知道是一个哨兵冻坏了,我那时毫不怜惜他!不是,实在来不及怜惜别人,只顾着盖住的外套不应该在我身上拿去。我口里出着怨言几乎要与连长拼命,这个时候,有些人醒了,一个一句地议论起来:

"前世造孽,这世才当兵!"

"吃得苦中苦,方为人上人。官长不也有当兵出身的吗?"

"放他妈的屁,知道几时轮得到我们当他妈的官长?"

连长听得弟兄们这样说,急忙接口说:

"我们这些下级官还不是跟你们弟兄们一样吗?官长也有官长的苦处。"

有一个弟兄笑着说:

"多会儿扒到了旅长,便住洋房了。谁料你没有那样的命!"

说着看见那个哨兵抽了两抽,哼了一声眼看着不中用了。虎虎响的北风卷起一阵尘土和树叶,和刀割一般地吹了过去。跟着隐隐的好像听见几响枪声,有人赶快地把那半明半灭的马灯熄了。深恐怕作了敌人袭击的目标。我心里甚么都不想，只想快些打过去；只要遇见了个镇市，烧两座房子，也好烤一回饱火，要不然就死在阵前，长痛不如短痛，最好是带一处花，病院里总比野外要暖和些！呸，好没出息！我倒要看看风把我怎么样！

北风吹我们不死，气得跟大炮一般的乱吼，月亮被他从云堆里惊醒，睁开她朦胧的睡眼，看着远山近树并无限的衰草，和大地一齐抖颤，她那不透彻的光明；越教人凄凄惨惨，比黑暗还要难过！

树落了叶子，骨子里还是青的；草梗子全然枯折，地下的根还是坚固。我们忍着辛苦等待那热烈的太阳，谁希罕那半边月光骗人的温软！

我的心情起伏，一刻钟总有千万遍，我们不怕死狂阵前，只怕给养的不足，冻着饿着，等到到了阵前，还不是变了个半僵的身体？没有和敌人切实地抵抗过，就死了也是冤枉！我想天底下没有饭吃的人，固然多，有饭吃的，匀给当兵的一口，有衣的匀件把，有余的多匀些，让我们替他们去打仗，又有甚么不愿意？怎么抽税抽得个天怒人怨，我们还得不到将就的饱暖？办得不得法呢，还是另有别的原故？

我们打仗为甚么？为的是大家的兄弟姊妹，为的是大家的妻室儿女，为的是替大家出怨气，保安全。不是吗？我们的长官一定也是跟我们一样的想见,须知我们不是蟋蟀,也不是猎狗,不能由人支使着打着玩儿,更不能随便拿性命让人去赌输赢的向乐,我们的高级长官总不会把我们当蟋蟀和猎狗罢?不会,一定拿我们当他的亲弟兄。

提起猎狗和蟋蟀,我可又想起来了。那赌场上提盆儿的人,是怎样的伏侍蟋蟀?洋人身边的猎狗,吃的何尝不是牛肉牛奶?住的何尝不是冬暖夏凉的房屋?我们呢……呸,长官常说叫我们打走狗,我为甚么反去羡慕狗的福气,灭自己威风?

我本来是个漂泊的人,见的事真不少,知道的事也比别人多,这就是我的不好。旁人都睡着了,我可还是胡思乱想,越是翻来覆去,越觉得饥寒交迫!咳,我可真够不上当兵!

一个哨兵死了,一个又抬了来。可是风衣回到了我的身上,也就不去管他,一心忙乱,不觉便是天明,只听见一声号响,开拨的时候到了。大家胡乱睡了一晚,总觉得精神不振,最担心的是辎重车没有到,就怕吃了早饭没有中饭。忽然听见有人高声说话,他说:

"弟兄们,大胆往前进!敌人身上有皮大衣,敌人身上有洋钱,他们都带了有一个月的饷,有新皮鞋,有皮帽子,只要一开火就都是我们的!"

这几句话,立时教我们高兴起来,背着包袱,提着枪,对准了北风,一步一步的走出了那破烂的车站。一路之上,尽是莽莽的平原，毫没有一些依傍，我们大队人马也不过像墙根几只蚂蚁。高低不平的路上，还有化不了的积雪，好像是在那里等伴。四面的天越垂越低，要不是我们撑住，恐怕就要塌了。无论天盖得如何严密，北风却闯得更狂。这一带地方原来民房就不多，有的都是墙穿瓦破，一堆一堆烧过的痕迹，还想得见有人烤火的光景，我们来迟了！

走过一个村落，远望着有些人家，我们大家欢喜，那脚步便飞也似的快起来。谁知那里烟火全无，那些老百姓也不知道哪里去了。横七竖八几具尸首，也不知道是几时死的。有个女尸倒在避风的墙根底下，一群耗子围在身旁，北风吹着那零乱的枯枝，好像哭泣一般。我们是看惯了死人的，在这个时候，见着这种光景，不觉得有一种说不出的腻味。开拔前进以后，总还是嗓子里有些不舒服。

火线近了，我们补充上去，濠沟里倒比较的适意，机关枪大炮的声音，断断续续，我们好像没事一般，胡思乱想的心，到此时反而安定了。有一天太阳刚出，炮火掩护着我们冲锋，只见前几排，跟大风吹麦穗一般，望地下只倒，我们从死尸上跑过去，与敌人接触。彼此大声叫喊，拼命的冲撞，完全没有甚么叫章致。刺刀插在敌人的肉里，抽出来鲜血直喷，真是痛快。看着他咬着牙，瞪着眼，伸开两手，望后一倒，也非常的滑稽有趣。混战些时，敌人不支，望后便退，我们乘势便追，不知道怎么一来，拿敌人围住了缴械。我们还有重要的工作就是在死人身上剥衣服，解子弹，掏口袋，脱皮鞋，可怜哪里有甚么皮大衣，一个月的饷？可是他们的皮鞋，比我们的新；连那些俘虏先生，也只好请他们打打赤脚。我们好像狂了似的，一面揩着身上的血，觉得比甚么都快活。

第一次的胜仗，没有打落敌人的威。他们的援军又到了。我们自然也有准备。有一天总攻击，敌人冲了过来，我们极力抵御，我们的连长真是奋勇当先。他的左肩上中了一枪，他还不觉得。不一时腿上又带了花，他便跌了下来。他口里喊着说："兄弟们不要死在医院里，要死在战场上！大家跟我来！"他喊着还放了好几枪，又中了两颗子弹，他才倒下去。他还叫了一声"抢机关枪"。那时候虽还退后，一个好汉子引起了许多人的勇气，我们都向敌人的机关枪走去。前面有一座小桥，敌人的机关枪就架在桥上向两边扫射。我们一个弟兄，奔向前去。跳起来，望那机关枪口上只一抱，那机关枪的子弹，便满装在他的腹内，登时失了作用，我们一声喊抢了机关枪乘势便过了桥。谁想敌人的步兵补充上来。我们竟进展不了一步，我那时觉得右手一麻，知道肩头上受了伤，连着又不知哪里，遭了一下，便不由自主地躺下了。只见一个敌兵提起刺刀，对我便刺，我滚开一步，还拿手去挡了一挡，忽然抬眼看时，认得那敌兵是我好几年没见面的兄弟。原来我们长官跟他们长官是朋友，常在一处喝酒打牌的，他们长官来，我还站班迎接过，想不到彼此的长官翻了脸，我们亲手足也只落得在战场上相见。当时我开口叫了一声兄弟，他听我的声音，认出来是我，便也高声叫了一声哥哥。那时我们一个弟兄认是敌人要害我，对准他便是一枪，他便倒了。以后的事我完全不知道了。

我莫明其妙到了医院，睁开眼看时，已经睡在许多病人的当中，创口的疼痛实在忍不住，身上发热更是其苦难当。不一时，两个穿白衣裳的拿我抬了去放在一个架子上，那医生很忙地拿起水管子就冲我的创口，冲过了拿起刀子就剜，我也等不及他用麻药，早就一声大叫，晕死过去。不久醒过来，好客易医生也完了事，仍然将我抬在病床上。那一晚的滋味，连我自己都没法说出来。总而言之：疼痛是不消说，饥渴和潮热，不断地教我由烦恼变成激烈。以致潮热也格外增加，我便一阵一阵的不省人事，飘飘荡荡也不知走了多久地方？忽然到了家，房子烧了，妻子被人强奸死在墙根底下许多耗子围着要吃她。我气得要去寻找那强奸的人，便有人引我同去，走的都是滚热的石子路，连脚底都烫焦了。又有许多人举着无数的红布条，在我眼面挥来挥去，耀得头昏眼花登时黑暗，仿佛去洗澡，满池子都是很浓的血，几千几百个枉死的鬼要拿我烧着吃，有一个推开鬼群，将我从池中抱起，却正是我阵上死的兄弟。呸，不是兄弟，是敌人，他举起刀望我脖子上只一来，我的头就飞

「斯人而有斯疾也」

上墙去,看见底下,雕梁画栋,一些穿长衫的人在那里吃烧猪烧鹅,好像那医生也在其内,他看见了我拿刀对我一揭,我一惊便从墙上翻落在一个工厂里的大火炉里面,一阵澈心的焦痛,我仍睡在病床上面,这样翻来覆去,早容易到了天明!

过了几天,性命有了希望,才觉得人家的呻吟听着十分难过,我隔壁床上一个人,因为痛极了发狂,忽然站了起来,顺势伏倒在我的身上,使劲咬了我两口,后来好容易才有两个兵来拿他缚住,他始终也不曾好。有一晚大约半夜光景,一盏洋油灯那里有甚么光亮,照得满房都是些浓浓淡淡的影子,我对面一个人,哭叫了一阵也没人理他,后来他跌下床来,满地乱滚扒到一个痰盂面前就着里面喝了两口水,没等天亮他就死了。我的伤并不比他们轻,我的运气觉比他们好,我总算和医生是同乡有些个照应,留得我到今天看世界。

我在野战病院里住得不久,略好些就拿我运回陆军病院,我一天一天见好,陆军病院里也狠舒服。可是给养老领不到,好容易居然领到,马马虎虎也没人和他们细算应该多少。

有一天我正在朦胧想睡,忽然听见皮鞋的声音,睁眼一看,原来是一个军官来看朋友。我听他说话知道是同乡,而且声音很耳熟,一会儿我想起来了,他是我远房亲戚,我这一欢喜非同小可便叫了他一声,他说:"唷,是二哥吗?"连忙走过来,问了好些话,还给我两块钱。我看他的皮夹子里面还有好些钞票,我知道他是跟我一样,当伙夫出身。怎么会升迁得那样快?我问他打哪里来,他说是送长官的四姨太从汉口来的,他问我伤好了打甚么主意,我说只好等上头发下恩赏来,回家去看看,只要拿得起枪,还是只好吃粮。我又问他有甚么法子替我想没有,他想了一想说道:"我来替四姨太说说替你补一名护兵罢,你也别癞蛤蟆想天鹅肉的甚么恩赏不恩赏了。老实说,这会儿的事,在阵前拼性命的功劳,抵不了姨太太替你说一句半句好话,你领半年的饷,抵不过长官请一次客分下来的头钱。……"

那打扫夫述到这里,他的朋友跳起来说:"对呀,所以军阀要败,革命军要胜。所以革命军能够保障我们,因为你所述的许多悲哀的情形,在革命军是万万没有的,除非是反革命……"

十七年二月二日

原刊《中央日报特刊》1928年第2卷

云天怅望

——献给我底母亲、叔父、梅、垣以及一切亲友们！

傅雷

数日来心绪大恶，几不能写只字。但明日就要到西贡；法行通信第一既已发出，就不能不有第二第三，……于是乎勉强镇静着自己，再借了一瓶汽水的力量，把烦躁的心稍稍清凉了些。

自上海到此，海行共五日，可说是一些风浪也没有。但我自小说听起的"无风三尺浪"，现在确完全证实了！虽然不至于晕船，但一到舱里，就觉得有些天在旋，地在转。而且这三天来胃口简直不行，到吃时真不想吃。那种法国式的烹调，实在叫我难以下咽。当我一想到那半生不熟、膻气冲鼻的牛排羊排来，竟要令我作呕！蔬菜呢，都是 Potato 之类，也腻够了。臭酪尝过一次，实在不敢领教。咖啡也是苦涩乏味。面包只是酸而淡。各种食物中，只有鱼差可入门。鸡、鸭、虾，都没吃过，不知怎样。古人说"菜羹麦饭"是表示能吃苦，现在我是连梦也梦不到"菜羹麦饭"了！可怜啊！前途茫茫，还有四五年呢，这悠长的岁月，如何度过呢？可怕啊！

我们的船日夜不息地向前进行着，可是当你在甲板上闲跳着，偶而在桅杆下凝视时，发现这船正在昂藏地、骄傲地、勇敢地前进的时候，我简直不信它是有目的的！我只觉得它愚笨得可笑，骄傲得可怜。也许是我自己的空虚、愚妄、神经衰弱的幻象吧？实在，我常觉得我的内心，真是空虚至极！虽不晕船，而意识中常像晕船一样的觉得自己的胃空肚子空，一切都在空洞中摇晃。虽然朋友们的告诫，母亲的谆嘱，内心的自省，常使我衷心地热起来，不空起来，鼓舞起来，然而那只是酒性，只是酒性！啊，我将永远地空虚寂寞吗？

我明白地觉得，记得这次出国的意义，动机和使命；而这些意义使命之后，更有此次为我帮忙的诸亲友的同情为后盾，为兴奋剂。我有时确也很自负，觉得此次乘长风破万里浪，到达彼岸，埋首数年，然后一棹归舟，重来故土，……壮志啊！雄心啊！然而那是酒性，那是酒性！一霎时，跟着浪花四溅而破碎了！所剩余的只有梦醒后的怅惘与悲哀！

我尝细细地分析：我的空虚寂寞，是起于什么？我疑惑：或者是离愁别意纠缠着我嫩弱的心苗；或者是神经质的我，常在疑神疑鬼，自弄玄虚；或者是海上生活的枯寂的反应；或者是旧创的复发；或者是……到底是什么，我自己总不能决定！当局者迷，我要迷到怎样啊？

　　实在，我常奇怪，惶惑，当我发现我现在在这样一只船上的时候！是人力呢？是……呢？竟会把我载在汪洋一片中的孤舟里！三十日上船时，从汽车里下来，走进码头门口，一眼望到头大无朋的 André-Lebon 的时候，我的心简直要跳出来！我自己也不知道，是我自己的意志呢，还是外物的诱感呢，要把我送到这么一座愁城里。心里一酸，几乎滴下泪来。这种回忆，五日来常在脑中回旋。今天更奇怪了，当我躺在甲板上帆布椅里的时候，我跷着脚，侧着头在胡思乱想中，忽然发现我的一双脚，我心里竟喊了起来："是什么东西裹在这两只裤脚中？……是一架会说话的机器吗？是一副行尸走肉吗？"我那时真是惶惑得无措，我已不知有自己了！记得我十二三岁，尚在家里过严格的家塾生活时，有一次我在母亲房里的镜子中，照见自己的面容，我忽然疑惑起来！我是人吗？什么叫做人呢？我脸一动，镜中的脸也跟着一动，我微微一笑，它也跟着一笑。那时，我自己几乎疑心是妖物了！我也不信我自己有自己的意志，有自由的思想的！这种童年的往事，至今铭刻心头，而不料今日复重映一次！"是我自己的空虚愚妄神经衰弱的幻象吧？"啊，我不禁怕起来！

啊，写了不少的神奇鬼怪的话，几乎使我自己也疑心我要发疯了。爱我的朋友，母亲，一定更要担心了吧？这只孤弱的小鸟，正在茫茫大海中彷徨，徘徊，不得归宿，真要使母亲怎样的悲哀难过啊！换个话题吧，让我。

三日晨九时，我们的船在两岸青山，一港绿水中到达了九龙。船即泊在九龙。我同洪君跟了三位香港大学学生渡到香港，到他们校里去参观了一周。名震东方的香港大学，今日竟得拜识，真是有缘！可是给我的印象并不好。我们看过他们的大礼堂、大讲堂、图书馆、化学室、病学馆，那些地方确是全校中心，包罗万象；浅薄如我，目光如豆，能看出些甚么来，敢来胡说？只是我也参观了他们的寄宿舍，他们的Union（即学生俱乐部之类），听到了他们同学中的问答，注意到了他们同学的举止，从这些，这些上面，我只感觉到大英督宪（我亲见一部公共汽车中的布告这么写着！）优柔政策之可感，使我们的高等华人子弟，也能享受到他们之所谓"教育"！全校充满了金钱，势力，英语，豪华，富贵，尊严，而又可笑的空气！（写至此不禁又令我联想到屡次听到的关于香港大学的零碎故事，如他们的国文讲题之类！）全校地位极幽静，蜿蜒曲折处在万山中。大英督宪，能如此上秉大英殖民政府之意旨，下体莘莘学子之苦衷，设计谋画，尽善尽美，真是皇恩浩荡！只有叩首顿首，诚惶诚恐，捧着书本，懿欤休哉的了！

参观时天已下雨，我们承三位萍水之交般般招待，临行更蒙他们馈致车费（因此时我只有金镑没有港币），私衷铭感不可言喻！

归途到先施买了一打风景片，又买了两张横而长的香港全景，算做一瞥的纪念。不幸在途中给工人一撞，撞在雨水淋漓的地上，弄污了几张。我买的一打西点，也被他撞落两个。上渡船时，洪君替我拿着那剩余的十个（装在一只纸袋里的），不料因匆忙故，散了一跳板。于是三毛大洋，随着轮船初动时的绿波，向江心荡漾去了！

下午五时，船复启程。香港全景，自始至终在烟雾弥漫的水汽中若隐若现。不过卓治君说的"香港则有壮年妇人满面抹粉的一种俗气"，我也与他有同感。而我更觉得它的水非但绿得可爱，竟绿得有些可怕了！

船很有些动，我心里泛泛的稍觉难过，让我甲板上去躺一会儿吧！

关于香港，我还有几句话：他们的电车没有拖车，而有顶车（这个名字是我杜撰的），就是在车上再叠上一车；在马路里行走时,好像一部塌车装满了箱笼在搬家。他们的汽船,也是两层的:上层的叫头等,下层的叫三等。香港的房屋更不必说都是叠得"高高的云儿"了!香港人真爱叠啊!

在香港大学寄宿舍的窗里,我望见一座学校,校牌高挂,写着四个清道人体的"尊经学校"!在归途的公共汽车里,又看见"陶淑女学",我不禁又想起侨胞的保存国粹,多爱国啊!香港天气正当上海十月底的模样,我只比上船时少穿一件绒线背心和一条羊毛裤子。此刻(到西贡的隔日)也还穿着那套夹西服,不觉热。虽然有人已穿起白色衣服来,但我尚觉用不着那么早。

海上气候狠坏,自离沪以来,没有整天的太阳出现过。昨今两天也只晴了一大半天,此刻(四点未到)又阴霾起来。月亮也只于开船后第一夜见过一面。记得上次月圆时,正同炳源深夜在江湾路上散步,诉说着下次月圆时,我已在红海里了。现在算来,却只能在西贡;而月儿肯不肯在西贡露面,也还在不可知之数!

水色自过香港后,一夜之间变成深蓝,今天的水几乎蓝得像黑了。变幻啊,变幻啊!

舱中仍只两人,还算清静。不过在走廊里,常有难闻的气味袅袅地酝酿着。今晨洗了一个浴,可是冷水龙头里偏没有冷水,上面莲蓬头里,和下面热水龙头里,倒是滔滔不绝,几乎把我弄得没有办法!

  好了,这些琐琐屑屑的事永远写不完的,不要烦扰你们了罢!

一九二八年一月五日未到西贡时　怒安

原刊《贡献》1928年第8期

病，死，葬

谢六逸

火焰般的阳光射到窗外的白石灰墙上，所有的热气都向我的房里送进来，我睡在床上发热，已有三天了。想到架在苏州河上的两座宽大的石桥，人和畜类喘着气流着汗在那炙热的桥上跑过；马路上的柏油被阳炎熏蒸至于溶化，摩托车轮驰过，柏油就被拔起，电车道旁变成软泥般的路，这时我的头更加晕涨，头上的汗随着短发濡湿了枕头，照常地听着弄堂里江北小孩叫卖"冰哟，冰哟"的迫切的呼声；我便想一跃而起，浑身去浸在水里。只要头部肯听话也好，但终于成了"希望"。屋里除了几架书外，只有写字桌和几凳，我的目光转移到那一册一册竖立着的书，它们似乎要我去拿，我只能周而复始地看那书脊上的标题。偶然看见二三只苍蝇叮在天花板上，驯伏着不动，平日重叠着打架的已经不知去向了，大约是嫌屋里太热，而又没有可以驻足的残余之类吧！房里是几天没有人来，直到有一夜腹痛，大叫一声从梦中醒过来时，楼下的夫妇被异样的声浪惊破了好梦，这才蹑手蹑足地走了上楼，推开我的未下锁的房门，随即扭燃了电灯，"原来你还在家里……"我很清晰地听了这声音，破了数日的岑寂。到他们替我将水壶带下楼去后，不知什么时候我已昏昏地入睡了。

"痛苦总是难熬。"这样的想时，便起了进病院的念头。可是听人说进这地方的病院，若要不气死，只有住头等病室，进去固然容易，但出病院后便要发生难题了。想请中医，既无人肯推荐什么国手，又怕遇着了试药郎中，要我吃什么千年何首乌和童便。管他娘的！还是自己处方吧：有时买了 Aspirin Quinine，"用微温汤送下"撞着竟霍然了。这次初病时没有人买药，所以拖延了五六天。病中心里时时自讼"该死！吃了热的又吃冷的。"借这样的诅咒聊以安慰，希冀减少一点痛苦。但到了能大吃大喝的时候，不免又将说"死也不算什么"了。病时，我睡在床上，东想西想，想出了许多不吉利的事。

我们读传记时看到一句"医药符箓罔效"，那末下文必不会是"依然健在"了。有人说死是神秘的，也有几分道理。死的形式无论是怎样，总是一注很大的损失。有的是不该死而死，如像孙中山一流，在死的一刹那，定有无限的留恋。有的是死得颇情愿，如日人有岛武郎与波多野秋子之死于轻井泽，死时应该是从容而凄楚吧！有的是突然被死神之袭击，如厨川白村博士死于地震,死时定有难说的惊恐吧!以上诸人的死,并不只一家一国的损失,也是东方人的损失。这些人都是死不得的,还有诗人也死不得。诗人长眠地下,虽然可以闻闻野花青草的清香,但一定有许多不自由。你看,诗人的所欢者已经踽踽然走来了,手里拿着的是整束的鲜花,到了墓侧,就抚摩着碑石呜咽。再从腰襟里摸出粉红色的绢巾来拭泪,日落崦嵫,眼看着她彳亍归去,这时诗哲的灵感虽富,勉欲做几道"沙约拿纳"的诗,也有所不能了;除非被请去降临同善社的乩坛。

关于死的各处的风俗,写不胜写。有许多地方是因为人死了,反增加他们的快乐,家中格外热闹,在出殡的前夜,请了许多戏子到屋里唱戏,唱的都是很香艳的——如"和尚戏妹妹"之类。这有什么用意,很难解索,大约意在被除不祥,说得老实些,就是替孝子解闷罢了。倘使不这样做,那末邻舍就暗地议论,亲族中也就看你不起。此外呢,有些人家死了长者,在哭声止后,随着又起了打骂的声音,那便是妯娌在那里争死人头上或手上所戴的金银珠宝了。至于箱箧里的东西,早就不等死人断气,设法运走。到了后来,大家不认账,又起一场争吵。在西南几省的所谓士禄之家的,还有一种最坏的习气,析产时,长房有长孙的照例多分一点什么,但也应付出相当的代价。比如祖母死后,那揩拭死人面的浊水,大儿子和长孙须得尝一尝。我幼时就看见我的堂兄做了这样的把戏。那时祖母死了，大家乱纷纷的，到了应该尝浊水（另有文雅的名词，现已不能记取。）的时候，就看见伯母拿着一只碗从人丛里寻我的堂兄，碗里好像盛着什么好吃的东西，伯母将碗口放在他的嘴比一比式样，惟恐他真的喝了下去；又用力拗着碗边，防止他用手来接碗，万一果真吞下那"好吃的东西"。那时我们是七八岁的小孩，什么也不懂。伯母去后，我的堂兄忿忿地说"妈又拿肉汤来骗我了"。直到长大起来，提起往事，二人不住地苦笑，而对于仁慈的伯母，实在只有感激。在做这套把戏时，那几位欢喜兴波作浪的婶娘们，已是立得远远地监视着，暗地好笑，以为这是应有的交换条件。

"未知生，焉知死"，我又将这样的"撒屁"了。其实只要值得看重的，生与死都应一样的看重。普通的心理，一个人生着的时候，大众却不甚重视他，直到死了，这才悲哀，开始忙乱。就和一件东西在我的桌上，因为他存在，可以随时供我用，反看他不很重要，到了四处寻不着，他的好处又时时记忆起来了。在作品里我们可以看见作者写死比写生卖力气，写生的常常不出"呱呱"两个大字，而写到死字，就不仅只"号啕"等等了。若要看老实一点的关于这类的作品，自然希腊三大作家和莎士比亚的悲剧都可以入选。倘使要看得眼睛辣辣，骨头酥酥，那末，翩翩的、身体苗条的什么家们可以看看"病潇湘魂归……"也使得。或许将写出比这些更好的来给我们鉴赏了。

也有看生并不重要的。每当春季，我们走过公设市场的外面，就看见许多大肚子怀着胎的妇人，提篮挟秤在买小菜，寻仇似的秤斤论两，和小贩嚷着。篮里已秤好了豆芽或什么，又再从小贩的菜篓里多抓一把，卖者不服又抓了回来，如是者二三次。她终于忿忿地走开，一边咕哝着一边走到了街心，猛然的一架汽车冲到她的身旁，路上的行人已惊骇着叹息"二命难保"了，不料车子过去，她仍爬起来拍拍身上的灰，收拾了东西，跄跄踉踉地走她的路。这也算一种 miracle。

接于"寿终……"之后的就是"安葬"。"安葬"二字简直可作安稳地葬下解释，在乡里，先请堪舆家，看来龙去脉；看风向；看"利"长房抑"利"二房，看出逆子否。若堪舆家看准的地，挖"宅"时没有石头，没有水，没有蚁，那自然就"安"了，万一又挖出什么金乌龟等等，则"真命天子"之出现，也不过一两年间事了。集族而居的，葬地早就准备好了。其地，共分二类：曰官坟（应作公坟），曰私坟。凡有子孙祭扫，生平没有做坏事的，都葬在公坟，于是乎，"居之安"。如其没有子孙（此所以……无后为大也欤？）或是受刑事处分，有盗窃奸情等事的，死后就请入私坟，这种坟另外有一个好名称，就是"乱葬坟"，是不立碑石的。有时因为争地穴，同族中不惜械斗；因为听到一句葬下利某房而不利某，手足也不惜参商。又或是某姓的坟葬在我家的前或后，据说破了风水，于是又不惜打几年的官司。在我们那边，一出城阁，除了田圃、官道以外，望去都是"土馒头"，也有巍巍然立着华表，高大的碑石刻着"清封……大夫"的；也有诰封什么夫人的，而贫贱者的坟上只有几根茅草，白杨的萧萧也难于听到，即使永无后人照料，那坟的形式仍然存在，因为没有人敢去踏平他，踏平了不怕晚上鬼要来寻着你么。我很担心，没有另一马尔沙斯出来计算幽冥界的人口论，照故乡的情形看来，终有一天要挤满的。城中的"馒头馅"每日在那里制造，城外实在难觅安置"土馒头"的地位了。

如其在春天，我们要描写江南一带的风景，自然写到蔚蓝的天空、弯曲的溪流、水车的茅亭、菜花的香、百灵鸟的啼。再往下写，不免将写出一件东西，那就是搁在阡陌间的黑棺材，这与芬芳的圃菜旁有米田共贮藏所一样的使人不快。将枯尸厝在什么会馆、公所里，固然大煞风景，而田野间横陈着黑棺，尤足使老大的支那文明有了点缀。

据说佛教有四葬：曰水，曰火，曰土，曰林（即野葬）。也有任鸟啄食的，如邦贝附近的玛那巴冈的"沉默之塔"，是世界著名的万人坑。澳洲土人中有吃死人，使人葬在肚中。这些处置死人的方法——葬式，可以说形形式式，各民族，各地方，都保有他们的奇异。普通的人，即没有进 Westminster Abbey 或 Pantheon 的身份，只好就佛教的四种择其一。最使一般子孙安心的是土葬，因为每逢清明节到坟上，都使人想到下面还有人睡着。水葬或野葬不免被鱼鳖鸟兽分尸，"圣人"并未这样吩咐过，试问于心安乎。土葬呢，古今中外普遍地奉行着不必多谈。火葬除了佛家外，在东方还有日本人，行了"荼毗（Dabi）"后，再将遗骨装在瓶里，葬在地下。葬后在坟地插上一条狭而长的方木，头上是尖角的。日人多信佛，喜为死者加上什么"……童女""……尊"的法名。葬的地方常在神社或公共的墓地，那里有深幽的树木、杂莳的野花。活人走到里面，觉得静寂，可以徘徊一会儿，不致唤起地下有白骷髅并列着的联想。还有奇特的，不知在何种报纸上看见有一个美国人将他的父亲火化后，将尸灰拿到高冈上任风吹散，这足以使他父亲的原形质还原，的确是"科学的"了。

在下葬前还有赴葬的仪式。送葬者和灵柩排了行列，在路上走着，这应该怎样的沉默凄凉，然而住在上海的人决不如此，祭亭挽联，"清音"军号，绵连几条马路，人夫在叫骂，有的嘻嘻哈哈。孝子遮在素布里，不知干些什么。与其说道是出殡的行列，毋宁说是儿戏。这样的"大出丧"，一点也不觉得有什么凄凉之感。反不如贫贱的人，用两名夫扛着一口黑棺，棺上搁一点纸钱，亲人扶着棺侧哭着跑路的，使人看了倒发生伤感的心情。然而如此简陋，成何体统！

想到这里，要暂告休息了。这篇东西所写的都不是吉利的话，万一清晨展开在阅者的眼前，触了忌讳，是很不好的。最好留到下半天再看，或者简直不看。但我写的人一点也不怕，因为，"姜太公在此"。

原刊谢六逸《水沫集》，世界书局1929年版

「国家未免中衰者」

中国人的病

沈从文

国际上流行一句对中国很不好的批评："中国人极自私。"凡属中国人民一分子，皆分担了这句话的侮辱与损害。办外交，做生意，为这句话也增加了不少麻烦，吃了许多亏！否认这句话需要勇气。因为你个人即或是个不折不扣的君子，且试看看这个国家做官的，办事的，拿笔的，开铺子做生意的，就会明白自私的现象，的确处处皆可以见到。它的存在原是事实。它是多数中国人一种共通的毛病。

一个自私的人照例是不会爱国的。国家弄得那么糟，同它当然大有关系。

国民自私心的扩张，有种种原因，其中极可注意的一点，恐怕还是过去的道德哲学不健全。时代变化了，支持新社会得用一个新思想。若所用的依然是那个旧东西，便得修正它，改造它。

支配中国两千年来的儒家人生哲学,它的理论可以说是完全建立于"不自私"上面。话皆说得美丽而典雅。主要意思却注重在人民"尊帝王""信天命",故历来为君临天下帝王的法宝。末世帝王常利用它,新起帝王也利用它。然而这种哲学实在同"人性"容易发生冲突。表面上它很高尚,实用上它有问题。它指明作人的许多"义务",却不大提及他们的"权利"。一切义务仿佛皆是必需的,权利则完全出于帝王以及天上神佛的恩惠。中国人读书,就在承认这个法则,接受这种观念。读书人虽很多,谁也就不敢那么想:"我如今作了多少事,应当得多少钱。"若当真有人那么想,这人纵不算叛逆,同疯子也只相差一间。再不然,他就是"市侩"了。在一种"帝王神仙""臣仆信士"对立的社会组织下,国民虽容易统治,同时就失去了它的创造性与独立性。平时看不出它的坏处,一到内忧外患逼来,国家政治组织不健全,空洞教训束缚不住人心时,国民道德便自然会堕落起来,亡国以前各人分途努力促成亡国的趋势,亡国以后又老老实实同作新朝的顺民。历史上作国民的既只有义务,以尽义务引起帝王鬼神注意,借此获取天禄与人爵。迨到那个能够荣辱人类的偶像权威倒下,鬼神迷信又渐归消灭的今日,自我意识初次得到抬头的机会,"不知国家,只顾自己",岂不是当然的结果?

目前注意这个现象的很有些人。或悲观消极,念佛诵经了此残生。或奋笔挥毫，痛骂国民不知爱国。念佛诵经的不用提，奋笔挥毫的行为，其实又何补于世？不让作国民的感觉"国"是他们自己的，不让他们明白一个"人"活下来有多少权利，——不让他们了解爱国也是权利！思想家与统治者，只责备年轻人，困辱年轻人，俨然还希望无饭吃的因为怕雷打就不偷人东西，还以为一本《孝经》就可以治理天下，在上者那么糊涂，国家从哪里可望好起？

事实上国民毛病在旧观念不能应付新世界，因此一团糟。目前最需要的，还是应当从政治、经济、教育、文学各方面共同努力，用一种新方法造成一种新国民所必需的新观念。使人人乐于为国家尽义务，且使每人皆可以有机会得到一个"人"的各种权利。合于"人权"的自私心扩张，并不是什么坏事情，它实在是一切现代文明的种子。一个国家多数国民能"自由思索，自由研究，自由创造"，自然比一个国家多数国民皆"蠢如鹿豕，愚妄迷信，毫无知识"，靠君王恩赏神佛保佑过日子有用多了。

自私原有许多种。有贪赃纳贿不能忠于职务的，有爱小便宜的，有懒惰的，有作汉奸因缘为利，贩卖仇货企图发财的。这皆显而易见。如今还有一种"读书人"，保有一个邻于愚昧与偏执的感情，徒然迷信过去，美其名为"爱国"。煽扬迷信，美其名为"复古"。国事之不可为，虽明明白白为近四十年来社会变动的当然结果,这种人却糊糊涂涂,徒卸责于白话文,以为学校中一读古书即可安内攘外;或委罪于年轻人的头发帽子,以为能干涉他们这些细小事情就可望天下太平。这种人在情绪思想方面,与三十年前的义和拳文武相对照,可以见出它的共同点所在。因种种关系,他们却皆很容易使地方当权执政者,误认为捧场行为,与爱国行为。利用这种老年人的种种计策来困辱青年人。这种读书人俨然害神经错乱症,比起一切自私者还危险。这种人主张若当真发生影响,他们的影响比义和拳一定还更坏。这种少数人的病比多数人的病更值得注意。

真的爱国救国不是"盲目复古",而是"善于学新"。目前所需要的国民,已不是搬大砖筑长城那种国民,却是知独立自尊,宜拼命学好也会拼命学好的国民。有这种国民,国家方能存在,缺少这种国民,一国家决不能侥幸存在。俗话说:"要得好须学好"。在工业技术方面,我们皆明白学祖宗不如学邻舍,其实政治何尝不是一种技术?

倘若我们是个还想活五十年的年青人,而且希望比我们更年轻的国民也仍然还有机会在这块土地上活下去,我以为——

第一,我们应肯定帝王神佛与臣仆信士对立的人生观,是使国家衰弱民族堕落的直接因素。(这是病因。)

第二,我们应认识清楚凡用老办法开倒车,想使历史回头的,这些人皆有意无意在那里作糊涂事,所作的事皆只能增加国民的愚昧与堕落,没有一样好处。(走方郎中的医方不对。)

第三,我们应明白凡迷恋过去,不知注意将来,或对国事消极悲观,领导国民从事念佛敬神的,皆是精神身体两不健康的病人狂人。(这些人同巫师一样,不同处只是巫师是因为要弄饭吃装病装狂,这些人是因为有饭吃故变成病人狂人。)

第四,我们应明白一个"人"的权利,向社会争取这种权利,且拥护那些有勇气努力争取正当权利的国民行为。应明白一个"人"的义务是什么,对做人的义务发生热烈的兴味,勇于去担当义务。要把依赖性看作十分可羞,把懒惰同身心衰弱看成极不道德。要有自信心,忍劳耐苦不在乎,对一切事皆有从死里求生的精神,对病人狂人永远取不合作态度。这才是救国家同时救自己的简要药方。

原刊《水星》1935年第2卷第3期

心气薄弱之中国人

傅斯年

当年顾宁人先生曾有句道理极确、形容极妙的话,说"南方之学者,'群居终日,言不及义';北方之学者,'饱食终日,无所用心。'"到了现在,已经二百多年了,这评语仍然是活泼泼的。

我也从《论语》上,找到一句话,可以说是现在一般士流里的刻骨的病,各地方人多半都如此,——仔细考究起来,文化开明的地方尤其利害——就是"好行小慧。"

什么是大慧,什么是真聪明,本来是句很难解决的话。照最粗浅的道理说,聪明是一种能力,用来作深邃的、精密的、正确的判断,而又含有一种能力,使这判断"见诸行事"。并不是外表的涂饰,并不是似是而非的伎俩。

但是现在中国士流里的现象是怎样?一般的人,只讲究外表的涂饰,只讲究似是而非的伎俩。论到做事,最关切的是应酬。论到求学,最崇尚的是目录的学问,没道理的议论,油滑的文调。"圆通","漂亮","干才"……一切名词,是大家心里最羡慕的,时时刻刻想学的。他只会"弄鬼",不知道用他的人性。他觉着天地间一切事情,都可以"弄鬼"得来。只管目前,不管永远;只要敷衍,不问正当解决办法;只要外面光,不要里面实在。到处用偏锋的笔法;到处用浅薄的手段。

本来缺乏作正确判断的能力,又不肯自居于不聪明之列,专做质直的事情,自然要借重"小慧"了。觉得"小慧"可以应付天地间一切事情,无须真聪明,就成了"小慧主义"了。世上所谓聪明人,一百个中,差不多有九十九个是似聪明。似聪明就是"小慧"。惟其似聪明而不是聪明,更不如不聪明的无害了。

何以中国人这样"好行小慧"呢?我自己回答道,"小慧"是心气薄弱的现象;一群人发行小慧,是这群人心气薄弱的证据。中国人心气薄弱,所以"好行小慧";就他这"好行小慧",更可断定他心气薄弱。现在世界上进步的事业,哪一件不是一日千里!哪一件不用真聪明!真毅力!哪一件是小慧对付得来的!——可叹这心气薄弱的中国人!

人总要有主义的。没主义,使东风来了西倒,西风来了东倒,南风来了北倒,北风来了南倒。

没主义的不是人,因为人总应有主义的,只有石头、土块、草、木、禽兽、半兽的野蛮人,是没灵性,因而没主义的。

没主义的人不能做事。做一桩事，总要定个目的，有个达这目的的路径。没主义的人，已是随风倒，任水漂，如何定这目的？如何找这路径？既没有独立的身格，自然没有独立的事业了。

没主义的人，不配发议论。议论是非，判断取舍，总要照个标准。主义就是他的标准。去掉主义，什么做他的标准？既然没有独立的心思，自然没有独立的见解了。

我有几个问题要问大家：——

(1) 中国的政治有主义吗？

(2) 中国一次一次的革命，是有主义的革命吗？

(3) 中国的政党是有主义的吗？

(4) 中国人有主义的有多少？

(5) 中国人一切的新组织、新结合，有主义的有多少？

任凭他是什么主义，只要有主义，就比没主义好。就是他的主义是辜汤生、梁巨川、张勋……都可以，总比见风倒的好。

中国人所以这样没主义，仍然是心气薄弱的缘故。可叹这心气薄弱的中国人！

七年十二月十五日。

原刊《新潮》1919年第1卷第2期，署名孟真

怀柔，媚外，恐日及其他诸般杂症

海 戈

得天独厚，在世界上恐怕无过于中国的了。无论气候，物产，都有点像"父是天官子状元"，我们只要优游自得，生活其中，好像就会无灾无痛，百病不生，与天地终老。于是很早就有人唱出"日出而作，日入而息，帝力于我何有哉"的太平歌，虽然有人认为这是中国的最古的反帝国主义的杰作，其实如果细细玩味，简直是一副不愁穿不愁吃周身无病的口吻，以此，嬴政先生便打算一世二世而至于万世，西晋时代的兵荒马乱，胡骑纵横当中也居然有人高唱："北窗高卧，自谓羲皇上人。"就在抗战期中，日本疲劳轰炸之上，有若干高明之士，躲在后方偏僻城镇，常自认"此间太平无事，俨似桃源。"最显著的例子，还可以举得出来，民国二十九年五月以前的北碚，达官贵人，文化巨子，纷纷在那里买田置宅，一致断定，此是文化区域，并无空防，日本飞机绝不会来盲目轰炸，大有"此地无银三百两",高枕无忧之味,殊知就在五月二十七日以后,一连三次大炸,人畜房宅亲受痛苦,连清华大学的善本图书几大箱,一并由别处移到北碚河坝,炸得精光,才恍然敌人竟是这般毒辣,大出我国人们意料之外。上述诸例,并不是说我们愚笨诚实,但颇足以证明国人实在一向过惯养尊处优的土绅粮日子,像煞空心大老官,皮肤细细,骨骼松松,神气俨然,却经不起风霜,乘不住外邪,一旦逼来,手忙足乱,无法应付,必定要弄得元气大亏,呻吟床褥,疑神疑鬼,笑话百出,然后才来病急乱投医,或是安慰自己说,亡羊补牢,未为晚也。

诚然,在历史上中国也是有所谓外患,古代的,如像陕西人越过黄河去打河南,中古的,如像四川人出秦岭,甘肃人到陕边,都叫外敌入寇,至于蒙古南下,满族入关,在某一时期,也教汉人"怒发冲冠,灭此朝食"过的,现在国人已经把这些腐账通通只算在麻将的新花样里头叫作"五族共和",没有人再记那些仇恨了。但在当时,这些外患,也曾让"中国人"伤过脑筋的,尤其是后述的两种,事前既无法对付,事后一直还弄得若干年,若干地方深受痛苦,不易恢复。前人对于这种天外飞来横祸,大约也看出这种病实在害不得,但也无法改善这个环境,或者注射一些血清,以备抵抗,只得开出一个药方来,这个汤头名字叫"怀柔"。

所谓怀柔，本是彼此不过硬，大家马虎点讲相好的意思。但是中国旧时成语，素来注重一语双关，或一词数义，怀柔在骨子里固是同外夷讲相好，可是在表面上却非常雍容华贵，含得有我们是泱泱大国，着重道德仁义，不来侵略小邦的意思。这种作风，极像土绅粮对付地痞流氓那种"我不惹你"明明心里有点含糊，偏偏嘴硬的神气。

怀柔的对象，饶幸遇着先后天都较我们更软弱的，自然也有效验，如像史不绝书的"高丽纳表称臣"，"交趾进来白象一只"，"苏门答腊年贡药材十斤"等，其实暗地里我们何尝没有回敬，人家白象一只，我们也许去了肥猪十双，药材十斤，也许去银一万两呢。不过土绅粮照例只看来账，一觉顺眼，心里便乐，同时，感觉得自己的国家，也越发泱泱起来，大约天下惟我独尊，永远太平无事。如果遇着不受王道的，偏要和你硬来，连你颠转回去向他"纳表称臣"，"年贡黄金若干斤，白绢若干匹"，他也不肯，或者竟敢南下牧马，或者劫掠沿海一带将近二百年，或者举旗焚香，书七大恨，祷告上帝，然后进关，结果，糊里糊涂，铁桶江山，就断送在你过去怀柔的对象之一的手中，这多是当时泱泱大国的国民做梦都梦不到的怪事。

饶是如此，事过境迁，国家的版图倒的确愈来愈大，别的教训记不得，惟有这自命为位居天下之中的堂堂华胄，特别记得清楚，于是这怀柔病，就愈陷愈深。

但这病，在古代还害得起，所谓闭关自守，或是关起门来称大王，打肿脸来号胖子，均无不可，直到近代，工业昌盛，恰好是我们这个以农立国，唱"帝力于我何有哉"者的致命伤，海禁一开，跟着这个毛病，一转而为媚外症去了。

记得什么笔记上载过，乾隆某年，英国使臣入京觐见（那时的英国是被翻译为"唛咭唎"的，在国名的每一字旁添一口，是表示视为夷狄一类的意思），清高宗传谕，非叫那位使臣在大殿上行跪拜礼不可，否则仿佛还要问一个什么罪儿，据说来使被礼部衙门的人弄了他圈套，硬向皇帝磕了头，而回国去奏给英皇认为是受了侮辱的。这一事实，极可证明国人素来就不知道什么叫外交，而这一次的表演，恐怕在怀柔这一个节目里面，要算最精彩的了。

乾隆到底是幸运的，所以晚年自号为十全老人，这虚面子在他手里竟绷到六十年之久，嘉庆就不行，咸丰便开始糟糕，轮到道光，便已经开始给我们留下国耻纪念日了。

但在海禁初开的时候，纸老虎尚未十分戳穿，国人仍然漠视一切，甚且还冒充各种内行，怂恿昏聩无知的土绅粮头儿，去闯下滔天大祸，闹到无法收拾的地步。这里，且引李劼人先生的"前事不忘"，便刚好把从怀柔到媚外的过程，补叙明白：

"清末之世，地球韵言海国图志等书，已经在坊间发卖了,而一般在朝廷做官的进士翰林出身的读书君子们,犹在讲天圆地方,犹然在讲'北方壬癸水,故极寒,宜有冰洋,南方丙丁火,应极热,何得亦有冰洋?请治以邪说诬民,欺君罔上之罪!'当第一次中日战争时,竟有御史上书曰:'臣闻日本之东有大国焉,曰荷兰,请联荷兰,以夹击日本。'而堂堂兵部侍郎(今国防部次长,绝非单独之陆军副总司令也。)于朝堂之上,以劳回京陛见的驻英公使曰:'三年舟居,无乃太苦?'公使薛福成告以仍居陆上,乃大诧曰:'英夷亦有土地乎?'即庚子年,以官兵同义和拳围攻东交民巷各国使馆时,一般亲王贝勒尚书侍郎总督巡抚大卿少卿等,尚力向慈禧太后那拉氏保证曰:'洋人聚于使馆,其数止此,使馆一下,洋人尽矣。'以这样一大群浑蛋,处于朝庙,而又加上一个无知的老妪提挈其上,光靠一个略谙国际情势的李鸿章周旋其间,独当其冲,试问当时的中国外交,怎么能办?而且李鸿章缔了下关条约回来,被了刺,流了血,亏得善于撒赖,方把日本气焰压低了一点,而朝野间反而造起他的谣言,说他的儿子招为东洋驸马,所以他认了输。上下无知至此,自无怪乎庚子之前,犹腆然以天朝自居,一切不管国际通谊,而只晓得一本乎我孔夫子的尊王攘夷的大道理。及至庚子以后,因为铁拳已打在那个无知老妪的脸上,于是胆怯了,就由她领头,只要是洋人,管他传教士也好,政府人员也好,教育的老酸也好,科学家也好,甚至

「国家未免中衰者」

流氓痞子也好,专门赚钱的生意人也好,只要惠然下顾,无不奉为上宾。而且只要是洋人,管你是八强的也罢,是无国籍的也罢,一律奉为天神,放个屁,也等于上帝的诏告。……"

媚外的病症,就是这样一天更比一天害得更深沉的。

甲午这一战,对头是日本,庚子联军,这对头八强之一,偏偏这对头又隔离我们最近,我虽不惹他,他却不甚知趣,常常要来找我们的麻烦,一来就又不大客气。故袁大和尚怕了他,逼着订了廿一条,张大胡子也怕了他,反而还死在他们的手里,以后,还有北伐,还有"九一八",还有从"九一八"到"七七"那一段,我们都在恐日的过程中生活着。甚而"七七"以后,患恐日病最深的人,还要千方百计地跪到敌人怀里去倚靠着,仿佛才能活得下去。这其中有所谓"武装走私""经济提携""冀东自治""不抵抗主义"乃至"艳电"等,如果汇集起来,材料之丰富,内容之滑稽,其实是不下于害媚外病那一段时期的王公大臣之下的。我还记得一事,在抗战前一两年,全国各大报仿佛有一个不成文法的规定,即是凡遇报导有关日本人的消息时,不论内容是什么,一律冠以"某国人"的称谓,这情形颇像希特勒用飞弹袭伦敦时,伦敦妇女直呼之为"那话儿来了",恐怖之情,溢于言表。而那时所谓某国人者,倒反而处处在文字上挑眼,其严格还有胜于当时的邮电新闻检查人员,有名的"新生事件",便是因为"闲话皇帝"一文而犯了大不敬的。

抗战这一个刺激，给与中国的确是够大，但此时似乎还在咀嚼领略回味当中，并不曾一下就醒悟过来，好像这一剂药虽然极为猛烈，对正了症候，却因为过去病患太深，不要说立地健康强壮，一时连"复原"都还不能办到。

首先，在抗战的前期，曾经是和苏联很讲朋友的，后来却是英美，最近则只是美国，这病情也就害得相当复杂，而每到一头都按捺不住时，"自力更生"的调子，又甚嚣尘上，日出而作，日入而息的百病不生的情绪，又在我们的脑筋中复活起来了。

我非医生，我也非如彭玉麟那般神经过敏，看见内河中乘风破浪冲过一条小火轮，便吓得吐血而亡，但我觉得，至今日，不特大事糊涂不得，连许多小事也不应该糊涂了。《论语》一三八期的编辑随笔中，编者说："最近有一件事听到了令人啼笑皆非：对日和约迄未签订，外交部以及若干官方所认定的'专家'都在研究拟议方案，关于日本工业水准问题，外交部曾非正式主张一九二八年的水准，参政会对日和约研究委员会草拟的对日和约草案，也主张一九二八年，而据十九日《大公报》短评称：'世界经济萧条是由一九二九年开始的，日本也曾受到影响。一九二八年却是日本的景气之年。那一年，日本工业生产的总值，比一九三〇——一九三四年的平均还多出了二亿四千万日元。我们反对美国提议的一九三〇——一九三四，却主张水准更高的一九二八，岂非错误。'这真使我莫明其妙。你说外交部无人才，或对日和约研究委员均非专家，他们都不承认。你说他们有意讲通日本，特给好感，这也决无此事。而他们竟就令人莫测高深地擅作主张了，官方的幽默，《论语》同人亦为之惊奇。"读此文后，令人确有同感，同时，这一类的专家，又俨然以庚子以前的进士翰林御史侍郎等的姿态出现，岂非历史上的奇迹？

三十六年十月十一日

原刊《论语》1947 年第 141 期

中国人的浅薄病

楚樵

中国民族有个通病，就是浅薄，这个论调，也许很陈腐很陈腐。可是我个人看来，这个毛病不去掉，中国民族的进步，要受很大的阻碍。认清这个病症的，也许大有人在，但对于这个病症，能够痛下钺砭的，尚不多睹。我现在要来说几句"浅薄"的话。这些皮毛的言论，也须要开罪哪一方，却不一定。说到这里，我记起了一件事。去年吧，革命军占领了北平。红绿五颜六色在公安局注过册的党国标语，贴满了电线杆子，灰色土墙。我记得中间有这样一句。（假若我未记错的话）"确定人民有集会结社言论出版之自由。"可是同时又有"以党治国"的条子。我们不久就看见平沪各报载奉令查禁各种刊物。连《未名月刊》《语丝》等极不长进的文字，也都在查禁之列。最近又听说上海各小报时常被查封，主干编辑屡屡被逮捕。尤其在这革命潮流高涨的时代，一不小心不是犯了不革命的罪名，就是犯了假革命或者反革命的罪名。嗟乎，欲加之罪何患无辞，好在我所谈的，并不关于党国大计，一时高兴，提起笔来，随便写到哪里是哪里，赞我罪我，在所不计。闲话少提，言归正传，究竟我所说"浅薄"病是什么？读者诸君，不要性急，待我慢慢道来。

现在先由近处说起。中国自从不能维持闭关自守的政策，社会的一切，都染了欧美的色彩。从地域上说，自然是广东上海天津南京北平各大都会，西洋的色彩，很是浓厚。从组织社会的份子讲，青年男女，大多数全是醉心西洋化的。男的青年，不管学问如何，一定要认识几个洋文。不仅如此。更有不管洋文程度如何，斗大的A，B，C认识几十个，多数是皮其鞋，洋其服。诸如此类的事，不知有多少。有人说，这些"浅薄"的毛病，不是偶然的才发生。皮鞋洋服，却各有各的使命。"打开天窗说亮话"，那是为追求异性用的，是求爱的工具。尤其近来各校男女同学，爱美的女士们，无论持怎样一视同仁的态度，对待男同学，不知不觉中，感觉到着洋服的男同学，比穿毛蓝市布大褂的男同学为英武，俊秀，漂亮。近来最流行的作爱条件，不管你内里面是"草包"是"狗矢"，只要有两件"叶子"，便万事全成。在这种环境之下，对方有这种无形的条件，苟非圣人或哲学家，没有"行头"，简直就走不出去。在这样的社会，你要学深刻，何从作得到？这种例子，只在清华园内,就可以找到。

中国青年女子的"浅薄"病症,事实上比青年男子更是大。举个例来说,中国目前所谓新式,或则所谓时髦的女子,一切衣饰,全都洋化。外国女人穿高跟鞋,剪发,中国的新女子也照样办,惟恐或后。不幸中国女子专学皮毛,也就学的不彻底。外国女子不束胸,一对极富有曲线美的玉乳,高高的堆在胸前。我们时髦的青年女子,却用所谓小马夹也者,紧紧的把双乳束缚着。迩来革命成功曾间或听到打倒束胸的口号,可是一般解放的新妇女都知道束胸的利害,却不勇于实践,准之孙中山先生的"行易知难"的学说,未免不符。再不然就是一般女同志对于总理的学说,阳奉阴违。这确是一件不胜遗憾的事。中国人只学人家的皮毛,就学的不彻底。还有一件本园的事,连带的想起来了。每星期三、五,下午四时至五时,体育馆女生体育班,我想全校的同学,未去参观过的,大半没有人。在十几个中国闺秀中间,不是有一个西洋的妙龄女郎吗?我们的女同学,一个个紧紧把正在发育的乳束缚着(我不知道她们运动时如何在呼吸),那位妙龄女郎呢,用新式小说的笔法来描写,是酥胸前面一对象牙半圆球的玉乳,隐隐隆起。我想她的呼吸,比我们女同学要舒服得多了。不但此也,我们女同学穿着布袋似的中国特别发明的制服,跑,跳,全不方便。这位西洋女郎呢?她没有着袜子,仅穿一件短裤。这样看来我们真的学皮毛就学不到家。在中国一般新女子心目中,以为胸前高耸,是一种可羞的事,或则以为不美观。要知道生为女子,生理上,一切都与男子不同。如以为可羞的话,那么,当女子不更可羞吗?女子的乳高高耸在胸前,同男子有胡子是一种极平凡的事,用不着掩饰。就是再掩饰,谁不知道女子有很大很美的乳呢?讲到玉乳高耸以为不美观的话,更是浮浅。束胸虽然是件小事,小而有碍个人健康,大而中华未来民族要受很大不良的影响。况且吾人对于美的观念,时常变迁。前几年以为美的,现在以为不美。新的女子们,为什么对于这一点不稍加思索呢?真浅薄之至——中国青年男子多犯"浅薄"的毛病,中国青年女人更"浅薄"中之尤"浅薄"者。我们女同学,我们要看看你们有无勇气,改一改这些"浅薄"的毛病。即学浅薄,也要学个彻底。

西洋教育普及,民治发达,所以妇女要求参政。在中国事事仿效西洋。于是也高唱妇女参政。殊不知在中国男子尚谈不到,哪里谈得到女子参政。单拿以前清华考送女生一件事来讲,中国有许多有为的男子,尚无机会受高深教育,反用许多金钱资送女子留学。清华前后送去留美的女生也不少,女生学成回国,除极少数人尚能作相当事业外,多数都只能作贤妻良母,国家花了许多钱栽培她们,试问她们对于社会国家,有些什么建树?这也无怪乎。有许多男子留了几年学,想作个饭桶教授，程度尚觉欠缺，女留学生似乎应当原谅。中国内地大学，都男女同校，在目前的中国，我们不应浅薄地仿设西洋男女同校制度。在原则上，我根本怀疑男女平等。尤以在目前需要人才，一个大学多收一个女生，就少收一个男生。在教育不普及如中国者，多造就一个男子，无论从哪方面观察，总比多造就一个女子，对于社会有用些。这话并不武断。中国大学毕业的女子也不少，试问除能当教员以外，多数只希望嫁得一个地位高些的丈夫，过她们的安富尊荣的生活罢了。

我校的军事训练，也是许多浅薄事件之一。不仅我校的军事训练，就是国民政府大学院所规定全国学校军事训练方针，也是很浅薄的。党国要人，不知为什么高兴，议决这样的教育政策。最不通的是大学校也要施行军事训练。中国民族的精神不振，可以用教育的方法来改进。中国民族体格软弱，可以用正当体育来纠正。用不着每日去练些立正，开步走，等等无聊动作。一个大学的责任和使命是在研究高深学术，介绍外国文化，凡是稍明分工与社会进化之关系的人，没有不知道大学的学问，愈专愈好。本校军事训练开始的时候，罗家伦先生有一篇堂堂皇皇的《军事训练的意义和使命》。他开首说："军事训练绝对不等于兵式操！"殊不知道大学校绝对不等于兵营，学生绝对不等于兵士。这是罗先生的根本错误。所以弄到现在，完全失败。想起去年开始军事训练的时候，制定"军事训练部组织规程"、"国立清华大学军事训练部规则"、"军式训练部学科教育计划",同"军式训练部术科教育计划"。军事教育一天未施行,规程制了一大堆。浩浩荡荡,施行军事训练了。还记得那一个礼拜六下午,体育馆前举行开始军事训练仪式。罗先生姗姗来迟,来回走着方步,检阅军队俨然大将军八面威风。其严肃整齐,想不亚于蒋总司令之检阅军队吧。轰轰烈烈,居然也做了军长了(军长者军事训练部之长也)。不意不久前大三级级会主席出布告谓校长个人对于军事训练,并无成见。哈哈,好个并无成见。总之清华军事训练之失败,也因为当事人未曾先下过一番审查的工夫,冒然施行,所以也犯了浅薄之病。

至于讲到大学院军事训练方针,第一,不明大学的责任和使命。第二,不明中国社会情形,以为中国青年可以用军事训练来改造。第三,不明国际情形,日法皆现在最注重陆军的国家,只听说他们行征兵制,未听说他们的大学施行军事训练。近代战争,不是火线上的战争,而是科学战争。谁的科学发达,工业进步,胜利就属于谁。战争一经开始,全国工业,皆须动员。中国工业科学能同哪一国比较?真正痛心,未听说政府遣派留学制造大炮的。只见施行立正,开步走的军事训练,真正浅薄之至。中国内战的军器,尚且仰给外人供给,要说与帝国主义者用武力取消不平条约,恐怕要把人家肚子笑破了。

总之浅薄浅薄，万分浅薄。

讲到中国政治，欧战前，闹些立宪、联省自治、护法等玩艺。战后俄国革命成功，建设了无产阶级专政。跟着棒喝团施行独裁政治。于是中国国民党也采取以党治国。几年来造福人民如何，用不着我饶舌，大家也明白。

自北伐告成，革命势力布满全国，张学良也革命了，如此这般。革命势力的表现，不但极易瞧见，而且有些刺眼。这不是旁的，却是各马路各土墙各电线杆上贴的红绿标语，以及天安门及其他各处粉饰的蓝地白字革命政策，建国方略等等。浩浩荡荡，革命的势力伟大矣哉。

纵笔写来，大有苏东坡所谓行乎其所不得不行之慨。已经由女学生束胸说到党国大计，归纳起来都不免有些浅薄。个人信口雌黄，乱七八糟，恐不免要开罪于人。好在一有笔墨官司打，周刊编辑，就不愁没稿了。

记者按：本来按人是最没有道理也似乎大不客气的事，不过我看完了这篇文章以后却有点小意见，好在这位"文士"也是我的好朋友，所以不妨按他一下。第一关于浅薄我想这不但是中国人，一切人类是全有这种毛病的，要真是不浅薄的，那只有英雄和天才，也是属于全世界和全人类，而并不属于任何一块割据的地皮的。实际也许人类要太不浅薄也有进步太快的危险，不是这么活着倒更为有趣么？这点我想倒大可以不必悲观。第二关于现在女同学读书的效率问题，本来现在男女在智力上没有什么差别总算是相对的承认了，那么在理论上总不便反对给女人们以受平等教育的机会，虽然在事实方面到了中国，或者便不无出入，也正如毛子的社会史观到中国来便成民生史观一样；在过去，只能怨老女同胞们不长进，愿意给人家抱孩子，或者可以希望将来不会再如此，虽然希望也只不过是希望而已！第三关于军事训练，凑巧我也写了一点，当然念了十几年书的人是不能上前线去当一个大兵，不过我以为我们却应当有近代的军事智识，也许在中国事事和人家不能相提并论，欧西虽然早已用了毒瓦斯，可是中国的大刀花枪也还可以勉强再用几年，所以说提倡科学我看倒用不着，还是让吴老头去作几篇大文去提倡提倡吧，反正中国内战不还是得打个十几年吗？最后老兄说的，可以激起笔墨官司，倒是上策！（曹盛德）

原刊《清华周刊》1929 年第 31 卷第 2 期

病中的觉悟

章依萍

二竖弄人，一病三月，始则发烧，终乃流血。医生说："出汗是要紧的，否则，流血是免不了的！"

是的，我的确太怯弱了，出汗是害怕的，终且免不了要流血，——本来是想免了暂时出汗之苦，终且受了三月流血之罚。

双十节来了，我还在病里。今年的双十节，可以说是血染成的：看，看鲜红的血染满了我的床，染遍了东南，也要染遍了东北！

正如鲁迅先生所说："中国太难改变了，即使搬动一张桌子，改装一个火炉，几乎也要血。"

搬桌装炉似乎只要出汗就够了，然而不肯出汗的，终于搬桌装炉也要血！

敢自己流血的人是勇敢的！流血的是非，当然更为一问题。

正因为中国人太懒惰了，不肯出汗的，终于被鞭子赶着，免不了在压迫的环境里流血。

聚餐会的文豪们呵，打电话写情书的公子们呵，手里织着绒线的小姐们呵，你们乐是乐够了，就是将你们穿上貂衣，捆上棉被，靠在火炉旁，也终于烤不出一滴汗来罢，——好凉血的动物们呵！

然而，也慢乐着，"很大的鞭子"不久就要来的！

"出汗是要紧的，否则，流血是免不了的！"医生这么说。

"自己敢流血是好的，否则，迟早也要被鞭子抽着流血的！"我接着说。

原刊《晨报副刊》，1924 年 10 月 10 日，署名依萍

差不多先生传

胡 适

你知道中国最有名的人是谁?

提起此人,人人皆晓,处处闻名。他姓差,名不多,是各省各县各村人氏。你一定见过他,一定听过别人谈起他。差不多先生的名字天天挂在大家的口头,因为他是中国全国人的代表。

差不多先生的相貌和你和我都差不多。他有一双眼睛,但看得不很清楚;有两只耳朵,但听得不很分明;有鼻子和嘴,但他对于气味和口味都不很讲究。他的脑子也不小,但他的记性却不很精明,他的思想也不很细密。

他常常说:"凡事只要差不多,就好了。何必太精明呢?"

他小的时候,他妈叫他去买红糖,他买了白糖回来。他妈骂他,他摇摇头说:"红糖白糖不是差不多吗?"

他在学堂的时候,先生问他:"直隶省的西边是哪一省?"

他说是陕西。先生说:"错了。是山西,不是陕西。"他说:"陕西同山西,不是差不多吗?"

后来他在一个钱铺里做伙计;他也会写,也会算,只是总不会精细。十字常常写成千字,千字常常写成十字。掌柜的生气了,常常骂他。他只是笑嘻嘻地赔小心道:"千字比十字只多一小撇,不是差不多吗?"

有一天,他为了一件要紧的事,要搭火车到上海去。他从从容容地走到火车站,迟了两分钟,火车已开走了。他白瞪着眼,望着远远地火车上的煤烟,摇摇头道:"只好明天再走了,今天走同明天走,也还差不多。可是火车公司未免太认真了。八点三十分开,同八点三十二分开,不是差不多吗?"他一面说,一面慢慢地走回家,心里总不很明白为什么火车不肯等他两分钟。

有一天,他忽然得了急病,赶快叫家人去请东街的汪医生。那家人急急忙忙地跑去,一时寻不着东街汪大夫,却把西街的牛医王大夫请来了。差不多先生病在床上,知道寻错了人;但病急了,身上痛苦,心里焦急,等不得了,心里想道:"好在王大夫同汪大夫也差不多,让他试试看罢。"于是这位牛医王大夫走近床前,用医牛的法子给差不多先生治病。不上一点钟,差不多先生就一命呜呼了。

差不多先生差不多要死的时候,一口气断断续续地说道:

"活人同死人也差……差……差不多,……凡事只要……差……差……不多……就……好了,……何……何……必……太……太认真呢?"他说完了这句格言,方才绝气了。

他死后,大家都很称赞差不多先生样样事情看得破,想得通;大家都说他一生不肯认真,不肯算账,不肯计较,真是一位有德行的人。于是大家给他取个死后的法号,叫他做圆通大师。

他的名誉越传越远,越久越大。无数无数的人都学他的榜样。于是人人都成了一个差不多先生。——然而中国从此就成为一个懒人国了。

原刊《申报·平民周刊》,1924年6月28日

病中书①

陈寅恪

骝先、企孙、毅侯、孟真先生同赐鉴：

弟于疾病劳顿九死一生之余，始于六月十八日携眷安抵桂林。前奉孟真兄电嘱先到桂林，故拟将家先在心理研究所近旁安置，并稍休养，将此两年所著之《唐代政治史》及《晋书补证》等稿（皆港大演讲底稿）誊写清楚，呈候教正。此二稿当在港危迫时，已将当时写清之本托人带去上海于上海浙江兴业银行王兼士，因恐死亡在即故也。后又重读《新唐书》、《北史》等基本资料一遍，增补若干处，幸此次冒险携出，俟在桂林写清，及与所引原书一校，大约计时三月可以了，俟彼时再乘飞机到渝承教。此次应报告之事甚多，因劳苦太甚不能多写，故仅略述一二，尚希见谅是幸。

---

① 篇名系编者所加。

此次到广州湾，其地生活极高，因银行汇款限制及电文误会延迟之故，亲友所寄之款未到者多，不得不留待当时本院（所寄五千元）及杭立武先生所寄之五千元收到，及五月廿六日由广州湾出发后，六月四日至玉林始知麻章商务书馆李法年君已得骝先先生电嘱，将前汇之九千九百九十元交弟，乃发一电致李君，请其将此款电汇至桂林商务书馆转交，昨日领得九千元（大约零数系李君扣除汇费之故）。故本院及杭先生及骝公所寄款，共领到一万九千元，均具有收条备查。至俞大维昆仲寄弟与曾君约农之款，止到一万五千，弟因与曾君有尽先移用之约，又曾君之弟别已派人携款至广州湾迎接，并直拨至香港，故亦移借此款，因此种种遂得抵桂林，此皆骝公及诸兄亲友之厚赐，感激之忱，非纸墨可宣也。弟之在香港危迫情状，不能在此函详述，然亦不得不略言一二，当俞君大纲临离港，曾托其友人资助还国路费，乃其人绝不践诺言，弟当时实已食粥不饱，卧床难起，此仅病贫而已，更有可危者，即广州伪组织之诱迫，陈碧君之凶妄，尚不足妄为害，不意北平之伪"北京大学"亦来诱招，香港倭督及汉奸复欲以军票二十万（港币四十万）交弟办东亚文化协会及审定中小教科书之事，弟虽拒绝但无旅费离港，其苦闷之情不言可知，至四月底忽奉骝公密电，如死复生，感奋至极。然当时尚欠债甚多，非略还一二不能动身，乃至以衣鞋抵债然后上船，到澳门晤周尚君始知已先后派人五次送信,均未收到,闻送信之人,有一次被敌以火油烧杀一次,凡接信者皆被日宪兵逮问,此亦幸而未受害也;又一事附陈者,即在澳门见庄泽宣君,亟欲来自由中国,其家眷共五人,欲骝公资助旅费,弟在广州湾晤郑绍玄君,知已汇三千元,但此数不足用,想骝公能设法续寄用也。蔡子民夫人欲至上海,领得特许或能得行,其所存金城银行保险箱物,尚无损失,较当香港陷落时被抢一空之窘状,略为缓和,知诸公关注蔡先生遗族并附及之,其余友人情状,如蒙垂询,苟能以笔墨传者当即奉复,否则后面述一切也。

病后潦草,乞恕不恭,顺叩

研安不宣

弟陈寅恪谨上

弟陈寅恪谨上

(一九四二年)六月十九日桂林环湖酒家

原刊《陈寅恪集 书信集》,生活·读书·新知三联书店 2015 版

「病里尤知悟昨非」

小病

老舍

大病往往离死太近，一想便寒心，总以不患为是。即使承认病死比杀头活埋剥皮等死法光荣些，到底好死不如歹活着。半死不活的味道使盖世的英雄泪下如雨呀。拿死吓唬任何生物是不人道的。大病专会这么吓唬人，理当回避，假若不能扫除净尽。

可是小病便当另作一说了。山上的和尚思凡，比城里的学生要厉害许多。同样，楚霸王不害病则没的可说，一病便了不得。生活是种律动，须有光有影，有左有右，有晴有雨；滋味就含在这变而不猛的曲折里。微微暗些，然后再明起来，则暗得有趣，而明乃更明；且不至明过了度，忽然烧断，如百烛电灯泡然。这个，照直了说，便是小病的作用。常患些小病是必要的。

所谓小病，是在两种小药的能力圈内，阿司匹林与清瘟解毒丸是也。这两种药所不治的病，顶好快去请大夫，或者立下遗嘱，备下棺材，也无所不可，咱们现在讲的是自己能当大夫的"小"病。这种小病，平均的每个半季犯一次就挺合适。一年四季，平均犯八次小病，大概不会再患什么重病了。自然也有爱患完小病再患大病的人，那是个人的自由，不在话下。

咱们说的这类小病很有趣。健康是幸福；生活要趣味。所以应当讲说一番：

小病可以增高个人的身份。不管一家大小是靠你吃饭，还是你白吃他们，日久天长，大家总对你冷淡。假若你是挣钱的，你越尽责，人们越挑眼，好像你是条黄狗，见谁都得连忙摆尾；一尾没摆到，即使不便明言，也暗中唾你几口。不大离的你必得病一回，必得！早晨起来，哎呀，头疼！买清瘟解毒丸去！还有阿司匹林吗？不在乎要什么，要的是这个声势。狗的地位提高了不知多少。连懂点事的孩子也要闭眼想想了——这棵树可是倒不得呀！你在这时节可以发散发散狗的苦闷了，卫生的要术。你若是个白吃饭的，这个方法也一样灵验。特别是妈妈与老嫂子，一见你真需要阿司匹林，她们会知道你没得到你所应得的尊敬，必能设法安慰你：去听听戏，或带着孩子们看电影去吧？她们诚意的向你商量，本来你的病是吃小药饼或看电影都可以治好的，可是你的身份高多了呢。在朋友中，社会中，光景也与此略同。

此外，小病两日而能自己治好，是种精神的胜利。人就是别投降给大夫。无论国医西医，一律招惹不得。头疼而去找西医，他因不能断症——你的病本来不算什么——一定嘱告你住院，而后详加检验，发现了你的小脚指头不是好东西，非割去不可。十天之后，头疼确是好了，可是足指剩了九个。国医文明一些，不提小脚指头这一层，而说你气虚，一开便开二十味药；他越摸不清你的脉，越多开药，意在把病吓跑。就是不找大夫。预防大病来临，时时以小病发散之，而小病自己会治，这就等于"吃了萝卜喝热茶，气得大夫满街爬！"

有宜注意者：不当害这种病时，别害。头疼，大则足以失去一个王位，小则能惹出是非。设个小比方：长官约你陪客，你说头疼不去，其结果有不易消化者。怎样利用小病，须在全部生活艺术中搜求出来。看清机会，而后一想像，乃由无病而有病，利莫大焉。

这个，从实际上看，社会上只有一部分人能享受，差不多是一种雅好的奢侈。可是，在一个理想国里，人人应该有这个自由与享受。自然，在理想国内也许有更好的办法；不过，什么办法也不及这个浪漫，这是小品病。

原刊《人间世》1934年第7期

赞病

施蛰存

小时候，我也正如一般的学童一样，常常喜欢托病逃学。最普通而容易假装的大概总不外乎头痛、腹痛这些病。一生了病，除了可以得到一天堂皇的逃学外，还可以得到许多额外的小食。云片糕，半梅，摩尔登糖，这些东西都曾经是我小时候病榻上的恩物。不过，这种托病逃学也有一个不利之处，那就是得吃药。母亲常常会从床下的药箱里取出一块神曲或午时茶，或到厨房里去切了几片干姜，煎着浓浓的汤来强迫我灌下去，倘若我所装的是腹痛病的话，她有时还得着女仆到药铺里去买些皮硝来，给我压在肚子上。在这方面，我倒有些畏惮的。所以有好多次，我虽然曾经因为想逃学，想多得一些小食而托病，可是却又因为害怕着那些苦汁和冷湿的消食药而取消了我自己的动议。

在童骏时候是生病时少，托病时多；在弱冠时候，是以为生病尚且可耻，遑论托病；到了现在，屏除丝竹入中年，又不幸而撄了淹缠的胃病，一年三百六十日，倒是生病的日子多而健康的日子少了。于是，在这样的情形中，我确初次地经验到了生病的几点值得礼赞的地方。

现在不像小时候那样了——也许这是因为我的病就在胃的缘故吧？——我现在生病的时候倒不大想吃，我以为卧病在床，第一的愉快是可以妄想。自从踏进社会，为生活之故而小心翼翼地捧住着职业以后，人是变得那么地机械，那么地单调。连一点妄想的闲空也没有了。然而我的妄想癖是从小就深中着的。惟有在发病的日子，上自父母，下至妻子，外及同事都承认我可以抛弃一天的工作，而躺在床上纳福，于是这一天就是我的法定的妄想期了。我倚着垫高的枕，抽着烟——我不懂医生为什么不禁止我抽烟呢，我想，烟对于我的病一定会有坏处的，然而倘若他真的禁止起我抽烟来，我恐怕未必会像依从他别的劝告那样地遵守罢。你如果知道一个耽于妄想的人对于烟的关系如何密切，就能够明白了。所以，我现在抽着较好的烟，譬如那"They are mild"的"吉士牌"之类的东西，至少也是一种消极的治疗法。我看着烟云在空中袅袅地升腾着。我很慨叹于我不能像张天翼先生那样地把烟喷成一个个的圆圈儿，让它们在空中滚着。于是我的没端倪的思想就会跟着那些烟云蔓衍着，消隐着，又显现着。我有许多文章都是从这种病榻上的妄想中产生出来的，譬如我的小说《魔道》，就几乎是这种妄想的最好的成绩。

生病又能够使我感到人类的很精微的同情心。本来，在小时候托病的日子，母亲的那种忧愁和匆忙的情形，就应该使我深感了，可是我那时目的在逃学与多吃，而且我的迟钝的神经似乎也不会感受到这些。现在，我却分明地觉得一切的人对于我的同情心，是会得跟着我的病而深起来的。母亲的自言自语的祈祷，父亲的在客堂里绕室巡行，妻坐在床头料量汤药，沉静得有一种异常庄肃的颜色，孩子们一走进房门，看见了他们的母亲的摇手示意，便做出一种可笑的鬼鬼祟祟的姿势，蹑足地退了出去。同事和朋友们来探望时也似乎比平常更显得亲热，好像每个人都是肯自告奋勇来医好我的样子，倘若他们有这个本领。

这种精微的同情心的享受，使我在健康的日常生活中，每当感觉到人生的孤寂的时候，便渴望着再发一次病来重新获得它们。有一位厌世的朋友曾经嘲笑过我，他告诉我这些都是假的。我想，即使是假的，总比没有好些。

此外，对于我这样贫寒的生活，生病有时也是在发生经济恐慌的时候的一种最好的避难法。当我额角上流着冷汗，胸胁涨痛得嘴唇都惨白了的时候，即使钱囊里已没有了最后一个银币，或瓦缸里已没有了最后一粒米，妻也不会像平时那样地来诉说的，她会得自己去想方法；或者，当她实在没有办法的时候，不得已而来对我说，我也可以很容易地凭着一个便条而向朋友中去告贷，这是从来不会失望的。不过，这种情形，在良心上似乎总好像有点对人家不起，所以，不是在真的病倒了的时候，我不愿意采取这种方法。

然而为了耽于妄想及享受同情这两个欲望，我至今也还如小时候企图逃学一样，喜欢"借病"。"借病"这个名词是我自己创造的，那意思是本来有点病，然而还不至于必须卧床不出，但我却夸张地偃卧着了。因为毕竟是个成年人了，本来无病而托病，终究有点不好意思，虽然心里未始不想再来一下。

贾宝玉是个多愁多病身，据我想象起来，"多愁"似乎不会有什么趣味，虽然诗词中常常有愁的赞美，然而一个人如果真是镇日价摆着一副忧愁眉眼，也反而觉得滑稽了。至于"多病"，从我这样的经验去体会起来，我是赞成的。不过贾宝玉对于他的"多病"作何感想，那可不得而知了。

原刊《万象》1934 年第 2 期

病后杂谈

鲁 迅

一

生一点病,的确也是一种福气。不过这里有两个必要条件:一要病是小病,并非什么霍乱吐泻,黑死病,或脑膜炎之类;二要至少手头有一点现款,不至于躺一天,就饿一天。这二者缺一,便是俗人,不足与言生病之雅趣的。

我曾经爱管闲事,知道过许多人,这些人物,都怀着一个大愿。大愿,原是每个人都有的,不过有些人却模模糊糊,自己抓不住,说不出。他们中最特别的有两位:一位是愿天下的人都死掉,只剩下他自己和一个好看的姑娘,还有一个卖大饼的;另一位是愿秋天薄暮,吐半口血,两个侍儿扶着,恹恹的到阶前去看秋海棠。这种志向,一看好像离奇,其实却照顾得很周到。第一位姑且不谈他罢,第二位的"吐半口血",就有很大的道理。才子本来多病，但要"多"，就不能重，假使一吐就是一碗或几升，一个人的血，能有几回好吐呢？过不几天，就雅不下去了。

我一向很少生病，上月却生了一点点。开初是每晚发热，没有力，不想吃东西，一礼拜不肯好，只得看医生。医生说是流行性感冒。好罢，就是流行性感冒。但过了流行性感冒一定退热的时期，我的热却还不退。医生从他那大皮包里取出玻璃管来，要取我的血液，我知道他在疑心我生伤寒病了，自己也有些发愁。然而他第二天对我说，血里没有一粒伤寒菌；于是注意的听肺，平常；听心，上等。这似乎很使他为难。我说，也许是疲劳罢；他也不甚反对，只是沉吟着说，但是疲劳的发热，还应该低一点……

好几回检查了全体，没有死症，不至于呜呼哀哉是明明白白的，不过是每晚发热，没有力，不想吃东西而已，这真无异于"吐半口血"，大可享生病之福了。因为既不必写遗嘱，又没有大痛苦，然而可以不看正经书，不管柴米账，玩他几天，名称又好听，叫作"养病"。从这一天起，我就自己觉得好像有点儿"雅"了；那一位愿吐半口血的才子，也就是那时躺着无事，忽然记了起来的。

光是胡思乱想也不是事，不如看点不劳精神的书，要不然，也不成其为"养病"。像这样的时候，我赞成中国纸的线装书,这也就是有点儿"雅"起来了的证据。洋装书便于插架,便于保存,现在不但有洋装二十五六史,连《四部备要》也硬领而皮靴了——原是不为无见的。但看洋装书要年富力强,正襟危坐,有严肃的态度。假使你躺着看,那就好像两只手捧着一块大砖头,不多工夫,就两臂酸麻,只好叹一口气,将它放下。所以,我在叹气之后,就去寻线装书。

一寻,寻到了久不见面的《世说新语》之类一大堆,躺着来看,轻飘飘的毫不费力了,魏晋人的豪放潇洒的风姿,也仿佛在眼前浮动。由此想到阮嗣宗的听到步兵厨善于酿酒,就求为步兵校尉;陶渊明的做了彭泽令,就教官田都种秫,以便做酒,因了太太的抗议,这才种了一点粳。这真是天趣盎然,决非现在的"站在云端里呐喊"者们所能望其项背。但是,"雅"要想到适可而止,再想便不行。例如阮嗣宗可以求做步兵校尉,陶渊明补了彭泽令,他们的地位,就不是一个平常人,要"雅",也还是要地位。"采菊东篱下,悠然见南山"是渊明的好句,但我们在上海学起来可就难了。没有南山,我们还可以改作"悠然见洋房"或"悠然见烟囱"的,然而要租一所院子里有点竹篱,可以种菊的房子,租钱就每月总得一百两,水电在外;巡捕捐按房租百分之十四,每月十四两。单是这两项,每月就是一百十四两,每两作一元四角算,等于一百五十九元六。近来的文稿又不值钱,每千字最低的只有四五角,因为是学陶渊明的雅人的稿子，现在算他每千字三大元罢，但标点、洋文、空白除外。那么，单单为了采菊，他就得每月译作净五万三千二百字。吃饭呢？要另外想法子生发，否则，他只好"饥来驱我去，不知竟何之"了。

"雅"要地位，也要钱，古今并不两样的，但古代的买雅，自然比现在便宜；办法也并不两样，书要摆在书架上，或者抛几本在地板上，酒杯要摆在桌子上，但算盘却要收在抽屉里，或者最好是在肚子里。

此之谓"空灵"。

二

为了"雅"，本来不想说这些话的。后来一想，这于"雅"并无伤，不过是在证明我自己的"俗"。王夷甫口不言钱，还是一个不干不净人物，雅人打算盘，当然也无损其为雅人。不过他应该有时收起算盘，或者最妙是暂时忘却算盘，那么，那时的一言一笑，就都是灵机天成的一言一笑，如果念念不忘世间的利害，那可就成为"杭育杭育派"了。这关键，只在一者能够忽而放开，一者却是永远执着，因此也就大有了雅俗和高下之分。我想，这和时而"敦伦"者不失为圣贤，连白天也在想女人的就要被称为"登徒子"的道理，大概是一样的。

所以我恐怕只好自己承认"俗",因为随手翻了一通《世说新语》,看过"娽隅跃清池"的时候,千不该万不该的竟从"养病"想到"养病费"上去了,于是一骨碌爬起来,写信讨版税,催稿费。写完之后,觉得和魏晋人有点隔膜,自己想,假使此刻有阮嗣宗或陶渊明在面前出现,我们也一定谈不来的。于是另换了几本书,大抵是明末清初的野史,时代较近,看起来也许较有趣味。第一本拿在手里的是《蜀碧》。

这是蜀宾从成都带来送我的,还有一部《蜀龟鉴》,都是讲张献忠祸蜀的书,其实是不但四川人,而是凡有中国人都该翻一下的著作,可惜刻的太坏,错字颇不少。翻了一遍,在卷三里看见了这样的一条——

"又,剥皮者,从头至尻,一缕裂之,张于前,如鸟展翅,率逾日始绝。有即毙者,行刑之人坐死"。

也还是为了自己生病的缘故罢,这时就想到了人体解剖。医术和虐刑,是都要生理学和解剖学智识的。中国却怪得很,固有的医书上的人身五脏图,真是草率错误到见不得人,但虐刑的方法,则往往好像古人早懂得了现代的科学。例如罢,谁都知道从周到汉,有一种施于男子的"宫刑",也叫"腐刑",次于"大辟"一等。对于女性就叫"幽闭",向来不大有人提起那方法,但总之,是决非将她关起来,或者将它缝起来。近时好像被我查出一点大概来了,那办法的凶恶,妥当,而又合乎解剖学,真使我不得不吃惊。但妇科的医书呢?几乎都不明白女性下半身的解剖学的构造,他们只将肚子看作一个大口袋,里面装着莫名其妙的东西。

单说剥皮法,中国就有种种。上面所抄的是张献忠式;还有孙可望式,见于屈大均的《安龙逸史》,也是这回在病中翻到的。其时是永历六年,即清顺治九年,永历帝已经躲在安隆(那时改为安龙),秦王孙可望杀了陈邦传父子,御史李如月就弹劾他"擅杀勋将,无人臣礼",皇帝反打了如月四十板。可是事情还不能完,又给孙党张应科知道了,就去报告了孙可望。

"可望得应科报,即令应科杀如月,剥皮示众。俄缚如月至朝门,有负石灰一筐,稻草一捆,置于其前。如月问,'如何用此?'其人曰,'是揎你的草!'如月叱曰,'瞎奴!此株株是文章,节节是忠肠也!'既而应科立右角门阶,捧可望令旨,喝如月跪。如月叱曰,'我是朝廷命官,岂跪贼令?!'乃步至中门,向阙再拜。……应科促令仆地,剖脊,及臀,如月大呼曰:'死得快活,浑身清凉!'又呼可望名,大骂不绝。及断至手足,转前胸,犹微声恨骂;至颈绝而死。随以灰渍之,纫以线,后乃入草,移北城门通衢阁上,悬之。……"

张献忠的自然是"流贼"式;孙可望虽然也是流贼出身,但这时已是保明拒清的柱石,封为秦王,后来降了满洲,还是封为义王,所以他所用的其实是官式。明初,永乐皇帝剥那忠于建文帝的景清的皮,也就是用这方法的。大明一朝,以剥皮始,以剥皮终,可谓始终不变;至今在绍兴戏文里和乡下人的嘴上,还偶然可以听到"剥皮揎草"的话,那皇泽之长也就可想而知了。

真也无怪有些慈悲心肠人不愿意看野史,听故事;有些事情,真也不像人世,要令人毛骨悚然,心里受伤,永不痊愈的。残酷的事实尽有,最好莫如不闻,这才可以保全性灵,也是"是以君子远庖厨也"的意思。比灭亡略早的晚明名家的潇洒小品在现在的盛行,实在也不能说是无缘无故。不过这一种心地晶莹的雅致,又必须有一种好境遇,李如月仆地"剖脊",脸孔向下,原是一个看书的好姿势,但如果这时给他看袁中郎的《广庄》,我想他是一定不要看的。这时他的性灵有些儿不对,不懂得真文艺了。

然而,中国的士大夫是到底有点雅气的,例如李如月说的"株株是文章,节节是忠肠",就很富于诗趣。临死做诗的,古今来也不知道有多少。直到近代,谭嗣同在临刑之前就做一绝"闭门投辖思张俭",秋瑾女士也有一句"秋雨秋风愁煞人",然而还雅得不够格,所以各种诗选里都不载,也不能卖钱。

三

清朝有灭族,有凌迟,却没有剥皮之刑,这是汉人应该惭愧的,但后来脍炙人口的虐政是文字狱。虽说文字狱,其实还含着许多复杂的原因,在这里不能细说;我们现在还直接受到流毒的,是他删改了许多古人的著作的字句,禁了许多明清人的书。

《安龙逸史》大约也是一种禁书,我所得的是吴兴刘氏嘉业堂的新刻本。他刻的前清禁书还不止这一种,屈大均的又有《翁山文外》;还有蔡显的《闲渔闲闲录》,是作者因此"斩立决",还累及门生的,但我细看了一遍,却又寻不出什么忌讳。对于这种刻书家,我是很感激的,因为他传授给我许多知识——虽然从雅人看来,只是些庸俗不堪的知识。但是到嘉业堂去买书,可真难。我还记得,今年春天的一个下午,好容易在爱文义路找着了,两扇大铁门,叩了几下,门上开了一个小方洞,里面有中国门房,中国巡捕,白俄镖师各一位。巡捕问我来干什么的。我说买书。他说账房出去了,没有人管,明天再来罢。我告诉他我住得远,可能给我等一会呢?他说,不成!同时也堵住了那个小方洞。过了两天,我又去了,改作上午,以为此时账房也许不至于出去。但这回所得回答却更其绝望,巡捕曰:"书都没有了!卖完了!不卖了!"

我就没有第三次再去买,因为实在回复的斩钉截铁。现在所有的几种,是托朋友去辗转买来的,好像必须是熟人或走熟的书店,这才买得到。

每种书的末尾，都有嘉业堂主人刘承干先生的跋文，他对于明季的遗老很有同情，对于清初的文祸也颇不满。但奇怪的是他自己的文章却满是前清遗老的口风；书是民国刻的，"仪"字还缺着末笔。我想，试看明朝遗老的著作，反抗清朝的主旨，是在异族的入主中夏的，改换朝代，倒还在其次。所以要顶礼明末的遗民，必须接受他的民族思想，这才可以心心相印。现在以明遗老之仇的满清的遗老自居，却又引明遗老为同调，只着重在"遗老"两个字，而毫不问遗于何族，遗在何时，这真可以说是"为遗老而遗老"，和现在文坛上的"为艺术而艺术"，成为一副绝好的对子了。

倘以为这是因为"食古不化"的缘故，那可也并不然。中国的士大夫，该化的时候，就未必决不化。就如上面说过的《蜀龟鉴》，原是一部笔法都仿《春秋》的书，但写到"圣祖仁皇帝康熙元年春正月"，就有"赞"道："……明季之乱甚矣！风终《豳》，雅终《召旻》，托乱极思治之隐忧而无其实事，孰若臣祖亲见之，臣身亲被之乎？是编以元年正月。终者，非徒谓体元表正，蔑以加兹；生逢盛世，荡荡难名，一以寄没世不忘之恩，一以见太平之业所由始耳！"

《春秋》上是没有这种笔法的。满洲的肃王的一箭，不但射死了张献忠，也感化了许多读书人，而且改变了"春秋笔法"了。

四

病中来看这些书,归根结蒂,也还是令人气闷。但又开始知道了有些聪明的士大夫,依然会从血泊里寻出闲适来。例如《蜀碧》,总可以说是够惨的书了,然而序文后面却刻着一位乐斋先生的批语道:"古穆有魏晋间人笔意。"

这真是天大的本领!那死似的镇静,又将我的气闷打破了。

我放下书,合了眼睛,躺着想想学这本领的方法,以为这和"君子远庖厨也"的法子是大两样的,因为这时是君子自己也亲到了庖厨里。瞑想的结果,拟定了两手太极拳。一,是对于世事要"浮光掠影",随时忘却,不甚了然,仿佛有些关心,却又并不恳切;二,是对于现实要"蔽聪塞明",麻木冷静,不受感触,先由努力,后成自然。第一种的名称不大好听,第二种却也是却病延年的要诀,连古之儒者也并不讳言的。这都是大道。还有一种轻捷的小道,是:彼此说谎,自欺欺人。

有些事情,换一句话说就不大合式,所以君子憎恶俗人的"道破"。其实,"君子远庖厨也"就是自欺欺人的办法:君子非吃牛肉不可,然而他慈悲,不忍见牛的临死的觳觫,于是走开,等到烧成牛排,然后慢慢的来咀嚼。牛排是决不会"觳觫"

的了,也就和慈悲不再有冲突,于是他心安理得,天趣盎然,剔剔牙齿,摸摸肚子,"万物皆备于我矣"了。彼此说谎也决不是伤雅的事情,东坡先生在黄州,有客来,就要客谈鬼,客说没有,东坡道:"姑妄言之!"至今还算是一件韵事。

撒一点小谎,可以解无聊,也可以消闷气;到后来,忘却了真,相信了谎。也就心安理得,天趣盎然了起来。永乐的硬做皇帝,一部分士大夫是颇以为不大好的。尤其是对于他的惨杀建文的忠臣。和景清一同被杀的还有铁铉,景清剥皮,铁铉油炸,他的两个女儿则发付了教坊,叫她们做婊子。这更使士大夫不舒服,但有人说,后来二女献诗于原问官,被永乐所知,赦出,嫁给士人了。

这真是"曲终奏雅",令人如释重负,觉得天皇毕竟圣明,好人也终于得救。她虽然做过官妓,然而究竟是一位能诗的才女,她父亲又是大忠臣,为夫的士人,当然也不算辱没。但是,必须"浮光掠影"到这里为止,想不得下去。一想,就要想到永乐的上谕,有些是凶残猥亵,将张献忠祭梓潼神的"咱老子姓张,你也姓张,咱老子和你联了宗罢。尚飨!"的名文,和他的比起来,真是高华典雅,配登西洋的上等杂志,那就会觉得永乐皇帝决不像一位爱才怜弱的明君。况且那时的教坊是怎样的处所?罪人的妻女在那里是并非静候嫖客的,据永乐定法,还要她们"转营",这就是每座兵营里都去几天,目的是在使她们为多数男性所凌辱,生出"小龟子"和"淫贱材儿"来!所以,现在成了问题的"守节",在那时,其实是只准"良民"专利的特典。在这样的治下,这样的地狱里,做一首诗就能超生的么?

我这回从杭世骏的《订讹类编》(续补卷上)里,这才确切的知道了这佳话的欺骗。他说:

"……考铁长女诗,乃吴人范昌期《题老妓卷》作也。诗云:'教坊落籍洗铅华,一片春心对落花。旧曲听来空有恨,故园归去却无家。云鬟半軃临青镜,雨泪频弹湿绛纱。安得江州司马在,尊前重为赋琵琶。'昌期,字鸣凤;诗见张士瀹《国朝文纂》。同时杜琼用嘉亦有次韵诗,题曰《无题》,则其非铁氏作明矣。次女诗所谓'春来雨露深如海,嫁得刘郎胜阮郎',其论尤为不伦。宗正睦楔论革除事,谓建文流落西南诸诗,皆好事伪作,则铁女之诗可知。……"

《国朝文纂》我没有见过,铁氏次女的诗,杭世骏也并未寻出根底,但我以为他的话是可信的,——虽然他败坏了口口相传的韵事。况且一则他也是一个认真的考证学者,二则我觉得凡是得到大煞风景的结果的考证,往往比表面说得好听,玩得有趣的东西近真。

首先将范昌期的诗嫁给铁氏长女,聊以自欺欺人的是谁呢?我也不知道。但"浮光掠影"的一看,倒也罢了,一经杭世骏道破,再去看时,就很明白的知道了确是咏老妓之作,那第一句就不像现任官妓的口吻。不过中国的有一些士大夫，总爱无中生有，移花接木的造出故事来，他们不但歌颂升平，还粉饰黑暗。关于铁氏二女的撒谎，尚其小焉者耳，大至胡元杀掠，满清焚屠之际，也还会有人单单捧出什么烈女绝命，难妇题壁的诗词来，这个艳传，那个步韵，比对于华屋丘墟，生民涂炭之惨的大事情还起劲。到底是刻了一本集，连自己们都附进去，而韵事也就完结了。

我在写着这些的时候，病是要算已经好了的了，用不着写遗书。但我想在这里趁便拜托我的相识的朋友，将来我死掉之后，即使在中国还有追悼的可能，也千万不要给我开追悼会或者出什么纪念册。因为这不过是活人的讲演或挽联的斗法场，为了造语惊人，对仗工稳起见，有些文豪们是简直不恤于胡说八道的。结果至多也不过印成一本书，即使有谁看了，于我死人，于读者活人，都无益处，就是对于作者，其实也并无益处，挽联做得好，也不过挽联做得好而已。

现在的意见，我以为倘有购买那些纸墨白布的闲钱，还不如选几部明人，清人或今人的野史或笔记来印印，倒是于大家很有益处的。但是要认真，用点工夫，标点不要错。

（一九三五年）十二月十一日

原刊《且介亭杂文》，三闲书屋1937年版

病后吟

胡金人

今晚闲来无事,开了无线电收音机消遣,一家电台上正放送着一只粤曲《病中吟》,这种曲子我是不爱听的,但因为这只曲名的启示,却猛然叫我想起了《论语》的编者要我写的一篇关于"病"的文章,便连忙关了收音机,来作一回无病之吟。

谈到病字,本来是与我有缘的,我自幼生来多病,儿时在双亲的娇养之下,保护得可说无微不至,不过我这一个不受抬举的身子,始终不能成为茁壮之才,而每年病个一两次,好像家常便饭,所幸我的病却不是很重,看几次医生,吃几帖药,调养那么十天半月,也就告痊了,于是母亲弄精致的肴馔给我吃,父亲要我每天早晨吃燕窝粥,晚上同他吃清炖燕窝(那时维他命 ABCD 之类尚未风行),吃莫知所云的中药膏剂,可是我的身体依旧,病,还是常常要乘隙来同我亲善亲善的。人们对于病总看着是一件讨厌的事,但我因为病惯了,也就不太以病为苦了。

我虽则不顶怕病,自然也不希望患病。不过在病时也还有病中的乐趣在,我结婚以后,偶尔有点小毛小病,妻总是加意地伺候我,她比平时变得更温柔,而我在这个时候却不免恣意地把感情放纵一下,有时还要同妻发点脾气,她也不同我计较。我的病好了,妻又想着弄各式美味的菜点给我吃,因此我想,有点小病也是一种幸福的享受。

据说风雅之士是常常要闹些小病的,如鲁迅所说"吐一两口血,跟跟跄跄的扶病看花"之类,原是一种"韵事",我不是文人雅士,但"药炉茶灶"偏惯同我这伧夫俗子为伍,这大概是命中注定的吧。

去年我的妻病逝,接着我也病倒了,这次的病来势凶猛,其苦痛的程度是我有生以来所未经尝试过的,但我却私信窃喜,希望能因而随亡妇于地下,我躺着床上既不呻吟,自然也不打算医治。在痛苦得难以忍耐的时候,本当呻吟一回发泄发泄,可是想到我家原没有多人,现在除了自己只有三个可怜无知的孩子,我何忍使孩子因我的呻吟而围床哭泣,况且周围既没有安慰我的人,哼呀哼的让我自己听了岂不讨厌,爽性安静地躺在床,对着亡妇的遗容默诉我的苦痛,她仿佛用她美丽柔和的眼光在抚慰我,我除了一心一意的等同她地下携手,不作别想，心中有此一念，身体虽然发烧得昏昏沉沉的，也就能够勉强忍受了。

我的病虽则病得不错了，但由病到死，当中还得有点距离，倒也不是顶便当的事，记得当我病得确实沉重的那天，我有一个自小在一块儿玩的好友C君刚从美国回到上海，他一看到我们的情形便着了急，我好像知道他心里在说"想不到一别十年，今日回来我们行将永别了"，于是他连忙找了我的熟医生T博士来，朋友的好意自然我是只得接受的，我想，姑且照方服药就是，倘使医好了我的病，孩子们比较幸运，医不好，是我自己的幸运，一切听其自然吧。

吃了多天的药，病势未见增减，拖了个把月，后来去照X光，说是患的肋膜炎，于是打针，吃药，又弄了很久，病，还是差不多的样子。两个月来，什么东西也不想吃，每天至多喝一点橘子汁，或藕粉汤，身体是一天一天的软弱了下来。有一天我忽然想到别来两月的咖啡，使用了一种试探带请求的口吻对T医生说："好不好让我喝一点咖啡，我原是一个可以不吃饭而不能不喝咖啡的人呀。"T医生说："倘使不影响你的睡眠，少喝一点无妨。"我满心欢喜，非常感激T医生的慷慨，于是连忙叫佣人洗清了咖啡壶，煮了一杯热气腾腾的咖啡来，可是，天呀，我呷了一口，觉得一点味道没有，于是重煮，重喝，还是没有味道，一连开了几种牌子的听头咖啡，都不好喝，后来还是买了新磨的咖啡来，比较勉强能够下咽，但喝了一两口，也就不要再喝了。自然，咖啡并不坏，坏就坏在我底味觉有了毛病也。想到平时我一连要喝上两三杯，对着杯子里剩下来的咖啡，我遂有点悲哀了。

然而我还是一想到咖啡便煮来喝，不管喝得下与喝不下。几天以后，居然渐喝渐多，觉得似乎要喝了，即刻便煮，几只煮咖啡的壶，轮流着煮，轮流着洗清，如此这般忙着煮咖啡，似乎想用咖啡来冲淡我的毛病，夜里不能入睡，又得烧一杯浓咖啡喝下以代替安眠药剂。朋友劝我少喝一点，其实倘使不喝咖啡，也许我早不能支持这个病躯了。

过了一个时期，咖啡的味道渐渐变好，我也就开始想吃一点饼干面包之类的东西了，又过了两个月，我的病大大地减轻，而且后来，竟然算是告痊了。

一天 T 医生笑着对于我说："恭喜恭喜，我不用送你花圈要改送花篮了。"我笑着答复他道："我非常感谢你的仁心仁术，尤其使我永远不忘的，是你允许我在病中喝咖啡。"

原刊《论语》1947 年第 142 期

由病榻上写来

张恨水

一病五日，今天才好些。好些虽然好些，腰腿还不十分强健，只是揽着一条布被，横躺在那绿槐窗下一张破沙发椅上罢了。这个时候，正是中国词人所谓枣花香后、梅子黄时，窗子外面，是一阵子雨，一阵子淡黄日影，一阵子夹竹桃花清香，一阵子槐树叶子沙沙的响。平常对于这些事都不注意，病在床上，眼睁睁地守着一个窗户，都觉得增助许多呻吟意味。再一回头，面前茶几上，药瓶子、茶壶、饼干罐子，零乱无次地堆着，看见又使人烦恼起来。

病人睡觉，是没有一定时间，一不愿意，闭着眼就睡了。醒了过来，槐树西边的枝叶，已照着一大片太阳。屋子里扫了一个地，茶几上的药瓶子、饼干罐子等等，都挪开了，只有一壶冷茶。这又合了我脾胃的事。不知是谁，在桌上铜香炉里，给我燃上一根香，这时只好剩个半寸。正是茶冷香消，倒凑就了一团子诗意……

写到上面这个意字,我人就往后一倒,不能再写了。这是怎么说?原来这是今日午后一点钟的事,我看见窗外槐荫转午,对这小昼如年,却大作其袁安之高卧,真有些过意不去。勉强爬了起来,走进我那斗大的书室,打算扶扶笔。这一来不谈什么桑田沧海,至少也有些物因人重之感。书桌上的飞尘,不要用厚可积寸的那句套语,大概差不离一分厚。我叹了一口气,想我若是死了怎么样呢?自己估估量,坐是坐不起来的,我曾看见许多曾留学过日本的朋友,他能够一手拿纸,一手拿笔,凭空写字,我何不就在破沙发上试试,谁知这一试居然奏效。便在那茶冷香消、绿窗人静之际,要写一点病里的感想,不料起了一个帽子,人就倒了。

次上面的一段,要算是帽子的帽绊儿,这应该写一段正文了。不过又有一层,须得交代。就是我倒了以后,怎样又坐起了呢?原来我那时一睡,直睡到日影西斜。揉揉眼睛,觉得精神好了许多,拧着电灯,看了一段《儿女英雄传》。觉得竟不乏,于是靠在沙发上,将被服盖了"两条腿"(无意中嵌上了一个书名,一笑),依此如法炮制,赓续日间的工作。

这是真正的帽子底下了。说什么呢,我第一感到作工的人,是不许病的。若是病了,手停口停,真不是一个办法。我又更进一层想,若是这时死了,"身后萧条"四个字的评语,更又不待盖棺论定。外国的卖文家，他们都有个储蓄会。平常大家都储款在会里，若是哪一个文人不幸死了，又合着身后萧条那句话，那末，会里就拿出钱来做抚恤费。我想，这事，中国上海北京两地，有举行之必要。

其次，"无病呻吟"的这四个字，那是新文豪批评旧式文人的一个铁案。其实，无病而吟，照目下看来，倒不论什么新旧。有些人无病固然不呻，可是矫枉过正，几乎有病也不敢呻，那又何必？昔人说：时非南唐，人非重光，何必为悲天悯人之句。太平之时，可以这样说。以言今日，我们哪个不是岁月干戈里，家山涕泪中。不必有病，也就可呻，何况是有病呢。

昔贤说：丧欲速贫，死欲速朽，那是有为而发的。我却不问这些，很赞同这句话。一个呻吟病榻，一天两天不能好，又加上些子风雨加交的环境……

算了罢，我的意思只在敷衍一天的稿子，何必如此如此地写了下去，病榻上的感想尚多，等我把关于文学上、思想上，比较可以商榷的，明天坐起再谈罢。

原刊《世界日报》，1926年6月22日

病中谈病

纪果庵

有生即有烦恼,疾病不过烦恼之著乎形式者,然落魄人于此盖尤不堪,黄仲则"途中遘病怆然有怀"可为代表;

> 摇曳身随百丈牵,短檠高照病无眠。去家已过三千里,堕地今将二十年。事有难言天似海,魂应尽化月如烟。调糜量水人谁在,况值倾囊无一钱!

所说皆即目前景物,并未隶事用典,而动人力量,绝不在"如此星辰非昨夜"之下者,正因此情更觉恋爱的事为普遍易晓耳。远客在外三千里,虽亦有所谓俸钱也者,其实与黄君之倾囊相去无几,自四月四日儿童节起,一连僵卧五日,"摇曳"中不禁忆起如此之诗,于是乃格外生一层说不出的感触。

幼年时很喜欢以病为撒娇的机会,平常总是严肃的父母,一听见子女健康有问题也要添出几倍的爱抚来。弄到现在一感觉不合适就要喊一声"妈呀"！大约就是儿童时习惯之遗留，不单是我，人人全是一样的。上中学时离家远了，交通既不便，我非到寒暑假往往是不回家的，一有病痛，除独对短檠之外，实无可告语，你要知道，将疾痛告诉了别人，取得别人的关心，这在病者，好像就有了安慰。然而同学都上晚自习去，且彼此不相熟，也很不情愿说出自己有病，盖在有交谊有感情的人前说，固可惹人怜惜，若不是这种关系，却引起人家的讪笑与讨厌，也是最要考虑的。到了头痛得最厉害或发烧太凶的时候，多半还是挣扎起来给父母一封信，叙述着目下的苦况，无疑的，这便是代替了那"妈呀"的呼声，可是当第二天或第三天人已好了，照样跳跳蹦蹦的在操场上时，作妈妈的却正对着刚刚寄到的信在垂泪，和父亲商量该派什么人去看看孩子，和应当带上什么东西之类，如此一星期之内，定会见到家里派来的长工，年青人反而为此发起脾气来，"我早就好了，谁让你来？家里真是小题大作！东西拿回去，我不要！"脸上讪讪的走出"学生会客室"，倒弄得长工摸不清头脑。如今这事相隔二十多年了，在发高度热的昏睡中，不时还有这许多影子在眼前朦胧的跑来跑去，一清醒过来，分外有些空虚。

但中国人却不免把病当作闲情逸致之一，名士与美人，尤不能不按时而"多愁多病"。只看看宋人词句，不是"颦眉"

就是"肠断",不是"消瘦"定是"无眠",就可证明。有人说中国文字不是长于叙事的,而是更长于抒情的,所抒的情,是什么,我约略统计起来,总是离情别绪居多,而属于男女相思的别离,尤其是才人笔端的家常便饭,要想点染此情此绪的难于禁受,只有把病字强调起来,以使别离的苦更具体的显现在一般人面前,在修辞上这也许是属于"夸大格"的。可是能够回肠荡气的作品,大半还是仗了病字的力量。好些人都骂这是不健康的现象,以为像这样无病呻吟的文章大可拉杂摧烧,然吾意以为倒也不妨随他去,盖感情这种东西,根本是病态的,假使太健康了,反而让人看了是不近人情,譬如看《西厢记》十里长亭而分毫无动于衷甚至骂张生双文太儿女子气,亦是说不过去的。残忍与同情之判,相去极小,虽然末流会距离甚远,其实在心的出发点只一线之差耳。人大抵是应该人道一点,不能相会而非以病来点染心情岂不重可哀乎?则吾人固不愿将天下痴儿女尽骂为没出息,其理由原也说得过去了。且雅人也者,对于病又有一种趣味的看法,那就是因病得闲是。药本是不好吃下去的,但《红楼梦》中宝玉反把黛玉房里的药香作为难得的隽永,又如《浮生六记》里也把病里光阴礼赞得特别有情致,中国士大夫很喜欢把不艺术的东西看成艺术,病与愁殆均其一端也。这里我想也有一点潜在的原因,那就是士大夫阶级平时的生涯太呆板严肃,缺乏了实生活的趣味与动力,迫不得已，只有在这些时候觅一发泄的机会，恰如佛罗德讲精神分析的Libido，迟早必觅一出路以资宣泄一般。谭浏阳在《仁学》里所讲的儿女关系不宜过于神秘，何尝不是如此说法。最近曾见知堂先生，他说中国自古是民主的思想，所以皇帝的生活并不像我们想象那么暇逸，因而许由务光之流，竟会视皇帝如敝屣，直到最近，有人在北京会见一度作过太子的"大阿哥"，向他访问当年宫掖情形，他说当皇帝是顶没意思的，每天早晨三点钟就要起床，让太监领到这里领到那里，不是叩头，便是行礼，所与众人不同的，只是什么都可以随便索要而已，这许多话实可以代表中国理想的官吏生活，几乎完全为形式的禁欲的了，苟不为是，一定会成为昏君与乱臣。沉潜在圣经贤传的摆面孔空气里，不容不借病发挥一下自家的情感，南宋以来的道学家，多为词林能手，忧国忧民之余，还要自己的感情跑跑野马，这也是需要后人的了解与原谅的。故普通批评中国文学病态的色彩太浓厚为欠健康云云，我则觉得健康的感情根本不在乎病与不病，中国号称东亚病夫，其病原不指多情的病，而是说我们的禁欲式清道徒生活，根本不会有什么健康合理的机构耳。

　　看《红楼梦》因而自疑为宝黛者也很多，本无所谓，而本"黯黯愁侵骨，绵绵病欲成"起来，真是有点肉麻。其实这多半是没有经过男女正常关系的青年之变态，我所看到大部正在爽朗的恋爱之中男女们，反而没有这种现象，也可见禁闭式的教养法之不甚得体矣。D.H. 劳仑斯在《查泰来夫人之情人》一书里骂英国绅士的生殖器都是僵干的，他们只是夜礼服的架子，所以健康而感到需要的年青查泰来夫人，只好同野兽一样的麦洛士在疾雨中裸体追逐于密林中了。委屈而不得正当发育的性生活，转变成愁闷与病象，此乃中国美人多病的最具体的原因，且亦最不客气最不含蓄的解释法。然我觉得是这样，要含蓄也含蓄不来的。同时，中国诗歌之独多抒情之作，正是为了此力量之升华，叙事质直，有不可能者，皆由是宣之，朱淑真李清照殆均有若干的不满与要求而云然也。

　　野马跑得远了，还是回到病痛的本身来吧。对于一个平时很康壮的人，疾病的袭来真如雷霆万钧，可以立即昏厥。即如我个人，十五年来，几乎没有害过什么病，我常是自诩为"牛"的，自己干的事情，也恰如牛马一般。从前作教员的时候，时常清晨跑步约两华里，然后缓缓归来，吃稀饭馒头，可以比别人多进三分之一。下午一觉睡起，又是打网球的好时间，不到浑身大汗是不止的，自到江南，此情可待成追忆，荏苒三年。虽然不是作着什么剧务繁缺，而酬酢究亦难免，于山野之人，盖颇不适于华灯看舞醉里听歌，所以每以接到请客帖或具柬宴客为苦。廿九年夏连在秦淮河畔某肆用饭三次，遂大病，独卧公寓，真的有黄景仁调糜量水之感了！若此次之病，虽只感冒，倒颇觉不轻，昏梦中种种恶象，俱至眼前。在中学时的病苦，不过其一。病了两天之后，渐渐好了，想照旧办公，不意感风复发，意绪大坏，因为很疑心是发疟疾，四月六日知堂翁到南京，本想去接的，以此不果，到后来还是沈启无先生先来寒斋，以病恉相询，这时已发了汗，证明不是疟疾，心头稍稍痛快。我对疟疾有切肤的经验，十五年因张大元帅与基督大将在南口剧战，学校辍学，我就在家里发疟疾，自暮春至初秋，反复十数次，冷了时只有饮开水，热时不知说些什么。秋日入学与舅父同行，二百里长途要骑在驴背上，没有汽车更无火车，至九十里后疟疾大作，伏在驴上，进退维谷，那是我平生未曾遇到过的一次苦恼。及至读书稍多，见《金石录后序》上赵德父在江南病恉，宝物落失，性命不保，看到自池阳船上临发入行在一段，想想自己的二十年光阴，亦有不能已于废书三叹之势。现在总算不是病恉，不免暗暗欢喜一番。但南京的疟疾确是易于传染的，赵明诚一向住在山东河南，故一到"下江"，不免于难，乱世的人，不知怎样便会送掉性命，惜在史实上可稽考的很少，颇引为憾。因又想起亲友凋零于流离道路中的也不少了，这也可称为战乱之赐予，杀人者不仅是子弹，若干可系念的死者，当临终一瞬，远较吃枪弹为可怜！"悠悠苍天，此何人哉"，我们还能侧在病榻上吃吃家人之稀粥，不亦大可以慰乎？

诗人大抵当病时有诗，自然，不是在最危笃的时候——不过绝命之词，实亦多临终口占者，如放翁临死示儿诗即一例。中国人无论受儒家思想影响或受佛老浸染都是一样，便是能将死生看得开，不至于过分固执与留恋。所以绝笔诗词，倒是见道之作多，感慨辛酸之作少；沈启无君曾同我说，中国文学与西洋文学最大的区别就在象征与写实，中国文章无不象征者，不独李商隐李长吉的篇章很晦涩，凡诗人大约均只说出五七分，而愈有痛感，愈作得和平，若不深明底里，或毫无所动于中也未可知，此乃东方文化精髓，而在病中表现得最清楚者也。理智当静处时顶易活动，佛家坐禅，或取意于斯。我们健康时候，老是动的，一刻不肯休止，如一塘污水，上有风波，下有鱼虫，中含沙砾，看不见一点清澈透明的本体。既病卧在床，外事不得不暂时从脑筋里挤出去，于暂时之安息里，收视返照，犹之池水暂静，沙砾下沉，风波不起，可以洞见表里，细数游鱼，故在病榻乃大有悟道的机缘，而一有述作，乃绝妙焉。且人与人之间，倘非病时，如霍布士 Hobbes 先生所说，简直像与狼相处，一方是伺隙，一方是严防。唯一遇病时，多少须拿出一点同情，因此我说，病榻也许是社会上最安全的所在！《人与医学》这本名著里，有一章是专门讨论"何以病人值得同情"的，手头无原书，不能摘抄，大致记得是说病人在未病时是社会工作中的个体，既因为公共的事，得不到休息，现在病了,可说是为大家牺牲的时候,理应寄以安慰。故病人的要求,无论如何,是不应当拒绝的,病院中必须以温柔的女孩子充护士,不能不说是一桩"德政"。世尊割肉饲饥虎,敌人在病楚时大抵也化除彼我之障,而不忍听其呻吟饮泣。世界红十字会即基于此而创设。杀人是斗争,英雄的表演应当一刀一剑,所以放瓦斯以及细菌战实为不名誉,因为他是先将人置之于病的地位,使之丧失战斗力而杀了的,犹之我们壮汉打击卧床不起的病夫,殆必为人所嗤。于此我想起中国号称为东亚病夫之又一意义,照我们的战争说,尚不能充分利用机器,冲锋陷阵无非仰赖大刀红枪,人家的杀人机器一开,我们就病了,这所谓病夫,反而有许多光荣的成分了。数年前我于古城中炮声震耳,忽一晚警察传令家家预备黄泥大蒜矢溺,谓此可防御瓦斯,如有异味即以溺合蒜及黄泥涂鼻口云云,即大学教授亦无不如法炮制,以待万一,幸而不用,假使真的大家嘴边衔起上述的口罩,诚亦大奇事也。病夫只是病夫,终以任其自然为妙,虽然我也不会持刀杀人。

梁任公在病苦中能集宋词为联语,往往精妙。《苦痛中的小玩意儿》序云:"……我的夫人从灯节起卧病半年,到中秋日,奄然化去,她的病极人间未有之苦痛,自初发时,医生便已宣告不治,半年以来,耳所触的只有病人的呻吟,目所接的只有儿女的涕泪,……风雪蔽天,生人道尽,块然独坐,几不知人间何世!"任公是自诩为有趣味并乐观的人,遇此也不能自遣。我以为自家苦痛,还能自知,唯有目睹他人辗转床笫,殊不可耐,尤其是与自己最有关系的亲戚朋友。故我最不愿探望人病,一则目睹之余,不免怵心,一则别人的心绪不佳,反而要出面招待,似多一事不如少一事。从前我身体好时,我的太太时常闹病,而太太一病倒,则自我的拖鞋至孩子的书包均有找不着所在之厄,其余米盐琐屑自不必提,所以一遇此境,我是一则以惧,一则以怒。惧者,万事都无头脑;怒者,哼哼唧唧,听了很不舒服。痛苦不在己身,始则同情,继则厌烦,终至恨恼。现在自己病卧在床,看了家人焦虑之意,不免颇悔昔时。太太遂也向我发牢骚说:"我病了你只是生气,现在你病了我们要生气行不行?"弄得我也无言可答。但我的厌恨,乃是出自愿意别人快痊愈的迫切期待心理,绝非愿仇人病死,或释迦见生老病死起而厌世意的说法,这总算可以表白的。对于疾病之不耐,是每一男子的普通习惯,不只是别人,如初唐四杰中的一位,固亦曾为瘫痪而自杀,是足证对自己之长期不获健康,也可以照样的不满意也。

(一九四三年)四月十五日衡门室病起作

原刊《万象》1943年第2卷第12期,署名果厂

无病之病

明 其

A 怎么，朋友，你病了么？

B 没有病。

A 没有病，怎么老睡着呢？

B 我觉得没有精神。

A 没有精神，这不是病了吗？

B 医生检了体温，考察了血液，听了心，肺，他说确是没有病。

A 没有病，怎么会没有精神呢？

B 我也不明白。

A 你不会分析分析吗？

B 分析不了！

A 怎么分析不了呢？

B 我不知道。

A 这真奇怪得很！让我来想想罢！——也许你失了恋。失恋的人，我见过的，带着苍白色的脸，经过长期的失眠，唯一的表现，就是没有精神。

B 不是的，不是的，我从来就没有爱过人。

A 那么是什么呢？呵，也许你把一切尘世的纷扰，都看得太明白了，你觉得没意思，你想出世？

B 我没有学过佛。

A 也许你在什么地方碰了一个很大的钉子？

B 让我想一想。——不对，不对，钉子是常有的，可是它还没有那样大的力，让我没有精神。

A 那是什么呢？……

B 我不……

A 我想你一定很烦闷？

B 有一点。

A 但是烦闷不一定就会让你没有精神，以至于睡倒？

B 是的，我想也是那样。

A 这是怎么的？

B ……

A 呵！也许你的脑筋麻痹了，没有了感受性罢！

B 我还可以辨别你所说的话，明白我应当说的话，不一定就麻痹。

A 你不试试，你的皮肤有感觉没有，——打他一下，或者用一根针。

B 血还正跳得很烈咧！嗳！痛！

A 你还知道痛？

B 很明白地知道。

A 哈！哈！你正患着一个最普通的病：你的血正汹涌的奔跃，你的力充满了你的全身，你的脑子也正想跑跳，但是你睡着了，你的血恨你，你的力怨你，你的脑子咀咒你，……你没有精神了！你患着这样一个奇怪的病！你的病使全世界的医生束手。除了你自己谁也医不了这一个奇异的病的。起来罢，我告诉你你的病名——它就叫做"没有病。"

一九二五年十月八日

原刊朋其《刺的文学》，光华书局1930年版

病

周木斋

病，在我，可以说是经常有的，如果像旧时般附庸一下风雅，那倒是现成的，不必装腔作势的清福了，但我向来不以为意，抱着病躯，支撑着支撑着……

支撑到几时呢？我不知道。只要我一天不病，我也就支撑一天。

我憎恨病，抑制着病，不服药，不休养，我也憎恨着休养和服药。对于自己是这样，于是对于别人也这样。我竟发生了这样的想念，也竟说过这样的话："假使都和我一样，要没有医生的药店了。"我要支撑，我得支撑了还超过支撑以上。并非讳疾忌医，会这样没有常识么？病要服药，休养，这原是天经地义的常识。然而晋惠帝说的"何不食肉糜"，更何尝不超过常识以上？

但病也超过了我的支撑，突然爆发，使我病倒。寒热、头痛、骨痛，夺去了我的支撑。妻用言语干涉着我，恰巧亲戚在我的住所，也用言语干涉着我，又夺去了我的支撑。我感到压迫，不胜麻烦。怀着一颗焦灼的心，它要冲破我发热的躯体。

热度退了，还我以支撑的可能。我要跟平时一样地饮食、一样地行动，迅速地回复支撑。妻和亲戚还在干涉着我，我不愿这些干涉，实行一样地饮食、行动，又在支撑。

但病又超过了我的支撑，复发起来，使我病倒。而且，复发的势头还是后来居上。我的一颗焦灼的心，虽然还要冲破我发热的躯体，但和发热的躯体已经浑成了一片，病倒得更重，也更长。

热度好容易又退了，再还我以支撑的可能。不过我支撑不住，也顾忌支撑的遭遇，到外面去走走，脚下又有些飘荡。但即使如此，我还是渴望着迅速地回复支撑。为了这，便尽可能地从事调养。

我却没有也不要享受这样的清福。调养既是为了迅速地回复支撑，那么同时也便尽可能地回复着支撑。既能调养，为什么又不能支撑？"我欲仁，斯仁至矣"，是很现成的。

由于支撑，还是由于调养，又把我病倒在床上。出乎我的意外，正在发热，闷头暴躁而睡的时候，曾经干涉过我的支撑的亲戚，从远地来看我。他焦灼，焦灼我的病，更焦灼我的不听话。我也焦灼，焦灼我的又病倒，更焦灼我的又病倒又被曾经干涉过我的支撑的亲戚所看到。我惭愧我的又病倒,似乎我的支撑又遭失败,使支撑蒙受了耻辱。我的愤懑,一时掩盖了应有的感激。我容易盛气,容易发怒,热度常常随着盛气和发怒而高涨,而我却不愤恨盛气和发怒,只是愤恨又病倒了。

倒了再起,我恐惧着病的再发,于是只得再从事调养。但同时也不忘情,不放弃我的支撑,这个成为我十年来的第二生命的支撑。

"第一生命",原是一句老调,不过我引用在这里来说明我的支撑,却感到很是亲切。干涉我的支撑的用意,我是和干涉者一样地知道的,是要恢复健康,然而我的不受干涉,还更是要回复支撑,支撑就是我的健康。健康在一般的意义,在我是不会有的了,这就是说第一生命不会健康。生命在支撑中一天一天被剥蚀着,倒不完全是在病中,而是在由来已渐的平时。

难道生命是和社会生活矛盾的么?

因而调养也还是无用,病还是在发作着。热度又高了,头又痛了,骨又痛了,只得闷闷地睡,想用睡觉把热度压平。但不能睡着,热度却反而增高。是随着睡觉而增高,增高的程度又是和睡觉时候的延长成为正比例,这更激起了我的愤怒,我愤怒病的又发,我愤怒热度的又高,我愤怒对于病的恐惧,对于病的迁就,对于病的调养。为什么我要这样?我起身,继续写那因发热而中止的稿子。

我不怕病，我要支撑。

热度就在这样的支撑下退了。

我感到支撑的胜利。

病中，曾经托朋友买得一册尼采的《快乐的知识》的译本。偶然翻开《再版原序》看看，一个凑巧，这里面说到了病。序中说在这书里，"欣幸之情，源源波腾而出，好像有最出乎意表的事已经（完成，是病）好了的人的欣谢之情——因为恢复健康便是这出乎意表之事。'快乐的智慧'：这意义便是某个精灵的狂欢节，这精灵抵抗了可怖的长期压迫——忍耐地，严肃地，冷酷，不降伏，但也没有希望——而今突然为希望所激，健康之希望，恢复之醉心。"我的支撑的腾利，也是出乎意表的，所以有和这相类似的心情，虽然我还不是恢复健康，也不想恢复一般意义的健康，而是还在病中支撑的过程。

此外，我还喜欢序中的这两节话，如说："一位心理学者懂得这样引人入胜的问题很少，例如健康与哲学之关系，设若他自己病了，也带了他整个科学上的好奇心理到病中。因为人，只要他成为个人，便有他个人的哲学；但这其间便有显明底区分。在这人是他的缺点化为哲学，在另一人却是其富足与力量化为哲学了。前者是需要他的哲学的，无论其为撑持，安慰，药剂，救治，异华，自我之离隔；于后者哲学只不过是一种美丽底奢华品，至上也不过是一种胜利底感谢的欢欣，终于要以宇宙底大楷写在观念的天上的。"又如说:"——由此可以推测,我之与此沉重底病期告别,不无感谢之情,其间我所获得,至今还没有罄尽:因我很清楚地自知,在我这多变化的健康情况中,大概预先识得心灵之各种强健处。一位哲学家,经历过各种健康程途,而且常是从新经历,便也算穿透过这么多种哲学了;除了将他那情况每趟变换为最显明底形式与距离,他更不能怎样,——这种变换的艺术便是哲学。——我们必须不断地从苦痛中产出我们的思想,且慈母似地分给之以我们内中之所有,血液、心肠、气焰、快乐、深情、苦痛、良知、命运和不幸。生命——这在我们,便叫作将我们之为我们者,不断地化为光明和火焰,且将凡遇到我们的一切如此变化;此外我们更不能怎样。至若关于疾病:我们岂不是被迷惑到要这样问,这根本是应离开我们的么?只有大苦痛才是心灵的解放者,成为大疑惑的教师。"前一节话的前者,是反抗的哲学,后者是晋惠帝的"何不食肉糜"之类的哲学;后一节话则在次序上相反,前者是晋惠帝的"何不食肉糜"之类的哲学,后者是反抗的哲学。但这里也有有毒素的一点,而必须加以指出的,就是疑问疾病根本是应离开我们,换句话说,就是大苦痛根本是不应离开我们,这是承认作为大苦痛的根源的压迫的现实,是对于压迫的说教和讴歌,成为后来法西斯暴戾专制的利用的凭借。大苦痛和在大苦痛中反抗是两件事,因为有大苦痛而要在大苦痛中反抗，并非因为在大苦痛中反抗而要有大苦痛，前者是要消灭大苦痛，后者却是作茧自缚，不能算是"超人"，而也许正惟因此才成其为超人罢。

疾病是应根本离开我们的。

我不同意尼采的政治立场，然而我爱好尼采的刚强。

（写于腰痛之时）

原刊《宇宙风》1941年第38期

我们病了怎么办

徐志摩

"在理想的社会中，我想，"西滢在《闲话》里说，"医生的进款应当与人们的康健做正比例。他们应当像保险公司一样，保证他们的顾客的健全，一有了病就应当罚金或赔偿的。"在撒牟勃德腊（Samuel Butler）的乌托邦里，生病只当作犯罪看待，疗治的场所是监狱，不是医院，那是留着伺候犯罪人的。真的为什么人们要生病，自己不受用，旁人也麻烦？我有时看了不知病痛的猫狗们的快乐自在，便不禁回想到我们这造孽的文明的人类。

且不说那尾巴不曾蜕化的远祖，就说湘西的苗子，太平洋群岛上的保立尼新人之类，他们所知道所受用的健康与安逸，已不是我们所谓文明人所能梦想。咳，堕落的人们，病痛变了你们的本分，至于健康，那是例外的例外了！

不妨事，你说，病了有医，有药，怕什么的？看近代的医学药学够多么飞快的进步?就北京说吧,顶体面顶费钱的屋子是什么?医院!顶体面顶赚钱的职业是什么?医生!设备、手术、调理、取费,没一样不是上乘!病,病怕什么的——只要你有钱,更好你兼有势!

是的,我们对科学,尤其是对医药的信仰,是无涯涘的;我们对外国人,尤其是对西医的信仰,是无边际的。中国大夫其实是太难了,开口是玄学,闭口也还是玄学,什么脾气侵肺,肺气侵肝,肝气侵肾,肾气又回侵脾,有谁,凡是有哀皮西脑筋的,听得惯这一套废话?冲他们那寸长乌木镶边的指甲,雅片烟带牙污的口气,就不能叫你放心,不说信任!

同样穿洋服的大夫们够多漂亮,说话够多有把握,什么病就是什么病,该吃黄丸子的就不该吃黑丸子,这够多干脆,单冲他们那身上收拾的干净,脸上表情的镇定与威权,病人就觉着爽气得多!"医者意也"是一句古话;但得进了现代的大医院,我们才懂得那话的意思。

多谢那些平均算一秒钟滚进一只金元宝之类的大大王们,他们有了钱设法用就想"留芳",正如做皇帝的想成仙,拿了无数的钱分到苦恼的半开化的民族的国度里,造教堂推广福音来救度他们的病痛。而且这也不是白来;他们往回收的不是名,就是利,很多时候是名利双收。为什么不,我有了钱也这么来。

我个人向来也是无条件信仰西洋医学，崇拜外国医院的，但新近接连听着许多话不由我不开始疑问了。我只说疑问，不说停止崇拜，那还远着哪。在北京有的医院别号是"高等台基"，有的雅称是某大学分院，这已够新鲜，但还不妨事，医院是医病的机关，只要它这一点能名副其实的做到，你管得它其他附带的作用。但在事实上可巧它们往往是在最主要的功用上使我们失望，那是我们为全社会计，为它们自身名誉计，有时不得出声来提醒它们一声。我们只说提醒，决不敢用忠告甚至警告责备一类的字样；因为我们怎能不感念他们在这里方便我们的好意？

我们提另来说协和。因为协和，就我所知道的，岂不是在本城的医院中算是资本最雄厚，设备最丰富，人才最济济的一个机关？并且它也是在办事上最认真的一个地方，我们可以相信。它一年所花的钱，一年所医治的人，虽则我不知实在，想来一定是可惊的数目。但我们要看看它的成绩。说来也怪，也许原因是人们的本性是忘恩，也许它的"人缘"特别不佳，凡是请教过协和的病人，就我所知，简直可说是一致，也许多少不一，有怨言。这怨言的性质却不一致，综了说有这几种：——

（一）种族界限 这是说看病先看你脸皮是白是黄；凡是外国人，说句公平话，他们所得的待遇就应有尽有，一点也不含糊，但要是不幸你是黄脸的，那就得趁大夫们的高兴了，他们爱怎么样理你就怎么样理你。据说院内雇用的中国人，上自助手下至打扫的，都在说这话——中外国病人的分别大着哪！原来是，这是有根据的，诺狄克民优胜的谬见一天不打破，我们就得一天忍受这类不平等的待遇。外国医院设在中国的，第一个目的当然是伺候外国人，轮得着你们，已算是好了，谁叫你们自不争气，有病人自己不会医！

（二）势利分别　同是中国人，还有分别；但这分别又是理由极充分的；有钱有势的病人照例得着上等的待遇，普通乃至贫苦的病人只当得病人看。这是人类的通性什么地方什么时候都有表见的，谁来低哆谁就没有幽默，虽则在理论上说，至少医院似乎应分是"一视同仁"的。我们听见过进院的产妇放在屋子里没有人顾问，到时候小孩子自己下来了，医生还不到一类的故事！

（三）科学精神　这是说拿病人当试验品，或当标本看。你去看你的眼，一个大夫或是学生来检看了一下出去了；二一个大夫或是学生又来查看了一下出去了；三一个大夫或是学生再来一次，但究竟谁负责看这病，你得绕大弯儿才找得出来，即使你能的话。他们也许是为他们自己看病来了，但很不像是替病人看病。那也有理，但在这类情形之下，西滢在他的闲话说得趣，付钱的应分是医院，不该是病人！

（四）大意疏忽　一般人的逻辑是不准确的。他们往往因为一个医生偶尔的疏忽便断定他所代表的学理与方法是要不得的。很多人从极细小题外的原因推定科学的不成立。这是危险的。就医病说，从新医术跳回党参黄芪，从党参黄芪跳回祝由科符水，从符水到请猪头烧纸，是常见的事；我们忧心文明，期望"进步"的不该奖励这类"开倒车"的趋向。但同时不幸对科学有责任的新派大夫们，偏容易大意，结果是多少误事。查验的疏忽，诊断的错误，手术的马虎，在在是使病人失望的原因。但医病是何等事，一举措间的分别可以交关人命，我们即使大量，也不能忍受无谓的灾殃。

最近一个农业大学学生的死，据报载是（一）原因于不及时医治，（二）原因于手术时不慎致病菌入血。这类的情形我们如何能不抗议？

再如梁任公先生这次的白丢腰子，几乎是太笑话了。梁先生受手术之前，见着他的知道，精神够多健旺，面色够多光彩。协和最能干的大夫替他下了不容疑义的诊断，说割了一个腰子病就去根。腰子割了，病没有割。那么病原在牙；再割牙，从一根割起割到七根，病还是没有割到。那么病在胃吧；饿瘪了试试——人瘪了，病还是没有瘪！那究竟为什么出血呢？最后的答话其实是太妙了，说是无原因的出血：Essential Hoematuria。所以闹了半天的发见是既不是肾脏肿疡（Kidney

Farmour），又不是齿牙一类的作祟，原因是无原因的！我们是完全外行，怎懂得这其中的玄妙，内行错了也只许内行批评，哪轮着外行多嘴！但这是协和的责任心，这是他们的见解，他们的本领手段！

后面附着梁仲策先生的笔记，关于这次医治的始末，尤其是当事人的态度，记述甚详，不少耐人寻味的地方，你们自己看去，我不来多加案语。但一点是分明的，协和当事人免不了诊断疏忽的责备。

我们并不完全因为梁先生是梁先生所以特别提出讨论，但这次因为是梁先生在协和已经是特别卖力气，结果尚不免几乎出大乱子，我们对于协和的信仰，至少我个人的，多少不免有修正的必要了。"尽信医则不如无医"，诚哉是言也！但我们却不愿一班人因此而发生出轨的感想：就是对医学乃至科学本身怀疑，那是错了，当事人也许有时没交代，但近代医学是有交代的，我们决不能混为一谈。并且外行终究是外行，难说梁先生这次的经过，在当事人自有一种折服人的说法，我们也不得而知。但假如有理可说的话，我们为协和计，为替梁先生割腰子的大夫计，为社会上一般人对协和乃至西医的态度计，正巧梁先生的医案已经几乎尽人皆知，我们即不敢要求，也想望协和当事人能给我们一个相当的解说。让我们外行借此长长见识也是好的！

要不然我们此后岂不个个人都得跨踏着:

我们病了怎样办?

原刊《晨报副刊》,1926 年 5 月 29 日,署名志摩

"病是美丽的"?

——病中散记

狄 逦

在风沙里,我会想到南方的柔和。在病榻上,我更惦记着南方的秋天,那是秋雨秋阳织成的。

我被沉埋在回忆里。

"别讲话啦!大夫来啦"!看护长尖锐的声音,随着她的白长裙飘遍了屋子,像午夜的一阵凉风,虽然没曾使我打寒噤,却把我从幻想中拉出来。

我确是像从梦中醒来的,迷糊中,我在谛听着那些不合拍的脚步声。

大群的医生进来了,那都是穿白长服的。穿白长服的医生,在这儿,我是第一次见到。我觉得有点新奇。

他们围住了第二十床,那是我左手边的邻床。他们中的一个,宣读着病状报告书,他们低着头听着,病人睁大了深凹的双眼，望着医生，从第一个到末了。她要从他们的面部表情上找出她"生的希望"。

她是会失望的，因为医生的眉上并不曾展出"希望"的影子。

我望着，一种死的恐怖擒住我。我觉得这是为死者灵魂求超脱的祈祷。这是牧师啊！牧师们在替死者祝福！大牧师在诵读着祈祷文啊。

沉重的诵读终于终止了。病人对一个女医生露出一个苦笑。许是她苦笑为要表示感谢。但苦笑里夹着模糊的泪，是生的留恋吧！

那真是意外的欢欣。医生的大群不曾停留在我的床前，我把握到了：死是离得我远远的！于是像是一个十字街口看热闹的人，望着医生们修长的背影，那满屋飞舞的看护们。这时，没有一点谈话的声音，也没有敢轻轻谈话的人，只有医生的粗大低沉的喉音统治了整个屋子。

看他们一床一床地过去，等到他们超过了我的视线，我也似乎厌倦了，拿起一本书。我记得这本书的作者是颂赞着病的，他说"病是美丽的"。

"干吗？"一些不约而同的粗大的问话刺激我，下意识地放下书，我看到了我斜对面床上的那个病人。跪在床上连连地叩头，两根小辫子在他的凳头上甩，带着半哑的声音，她说：

"大夫，做点福，把我的喉早日医好！大夫，我们是靠着我们的手吃饭的，我不能病……"她哭了，眼泪落在雪白的被单上，"……大夫，我真受不了，老头子每次来看我，要走三十多里路……"

"好吧！我们知道。"医生中的一个说。

另一个看了看她的喉，说："我们三等病房天天赔钱，谁愿意叫你多住几天，一好，就让你回去……"

走了，医生的大群走了，室内的空气又缓和过来了。

我又拿起书，这次我在书上写了一行：

"病对于穷人并不是美丽的！"

原刊《清华副刊》1936年第45卷第2期

病中养生法

丁福保

尘世一苦海也，人生一悲劫也，沉浮靡定，成败无常，忧嗟之时多，欢娱之事少。一年之中，輱然开口而笑者，能有几日。古人曰，人自呱呱堕地，即挟毕生之忧患而俱来。谚有之曰，人生不如意事，恒十居八九。以是而思，盛孝章之多忧，阮嗣宗之痛哭，岂无故哉？虽然，决不可忧，决就哉，不可哭。且当以快乐代忧嗟，以欢娱代悲哀，以嘻笑代号咷，人而能是，天壤间何事不成。何功不笑为健体之良剂，病者以之而愈疾，孱者以之而延年。昔有某妇，遘幽忧之疾，终日郁郁，不能自释。后忽有所悟，决志不论何如，每日须大笑者三，久之而身体日强，精神亦百倍旧时。其夫亦从而效之，儿辈见父母如斯，皆无端而相聚，一门之内，熙熙然如登春台，殆不知人间有愁恨事。每日其夫自外归，必以会大笑未为问，而每问必笑，答时再笑，问后页继以大笑，后不唯彼妇夙患之头痛，灑然若失，一家之人，皆神清体健，忻忻然任事无倦容。盖笑由肺及膈膜而发，足令内部之诸机关，皆为完全之运动，血液循环可因而完全，呼吸可因而调整，胸膈可因而扩大，内部发生之有毒气体，可因而排出，身体各部之活动，可因而调和而健全。人身之作用，犹机械之运转也，机械失油，则运转中梗矣，人之悲哀忧闷不眠及种种疾病，犹机械失油而连转不灵也，一注以笑油，则全体活泼矣。

笑之利益如此，故医士之快乐，其已病之效，实有数倍药石者。盖对于患者之欢然一笑，其效果之良，药笼中物，决不能逮其十一。商人招徕顾客，律师招徕讼者，及不论何业，苟一工笑术，人无不欣然就之，如水赴壑，如鸟归林，是犹对镜而怒，镜中人亦报以怒，对镜而笑，亦必报以笑也。

原刊《大众医学月刊》1933年第1卷第2期

病中福

罗运炎

时当盛暑,稍一不慎,即陷病困的,比比皆是。一经抱病,身体失常,呻吟床榻,因而发生自恨或厌世者,也是数见而不一见。其实明达的人,正要善用其病,从病中寻求福乐。今特略为一述,以告一般抱病者。

(一)任重事繁的,整日兢兢业业朝夕不得安闲,任务如千钧重担,自身如泰山压顶,可是一旦抱病,室中静养,重担尽释,当想我暂时不啻一幅环球地图,并无实物压在肩头,岂非一时的福乐?

(二)病中当想病不是我一人的厄遇,乃是人人免不了的,因此,就不必为病过于忧伤,还是平心静气的用涵养工夫为上策。

(三)当想我既感受病的痛苦,别人也必如此,我和别人既同感受痛苦,自然不当只顾我的痛苦。此种从经验中发出的怜悯心最有价值。人常说，凡没有生过病不深知病痛的，不配当医生，就是这个缘故。

（四）病中思想多属正当，有时且能在病中定大志，立大愿。

（五）卧病在床，俗虑尽消，志朗神清，最易与上天交通，古有因卧病变化气质的，原因就在此。

原刊《兴华》1923 年第 20 卷第 30 期

病的妙义

洪为法

对人爽约，可以说是因病，向服务地方请假，也可说是因病，至于因循，苟且，不奋发，不前进，自然可以一样的说是因病。因病，在外人认为耻辱，而在我国则认为荣幸，这里面我近来曾发见到两点妙义：

一，缺陷的东西里面，有人说，有美的存在。病呢，倘若认为缺陷，就也有一种美表现出来，谁又不喜欢美呢？西施捧心，千古以为美谈，这不但是女子们的典型，也未尝不是男子们所希求的。将来全国都是病西施，荡人魂魄，帝国主义者对我国或可因此能回心转意的。

二，病与死看来像是两个朋友，而我国人虽喜欢说病，却十分的怕死，这不有点矛盾吗？实则不然。好病和多病的我国人，他是另有他病的哲学，这就是俗谚所说："死人街前走，病人床上睡。"病而不死，要死的反不病，这是哲学，非庸俗之人所能知，为庸俗之人所能信；自然，大家即没病也要说有病了。

原刊洪为法《为法小品集》，北新书店 1935 年版